目次

熱帯安楽椅子

手始めに、男の顔に、唾を吐いた。そして、それから、私を取り巻くすべてのものに。その後、私はとても疲れた。私は、ずっと気付かずにいた。自分をとても強いと感じて微笑していた。けれど、体内に徐々に蓄積されて行くアレルギー物質のように、私の心には、それがゆっくりと層を重ねて行ったのだった。或る日、それが溢《あふ》れた。嫌悪と憂鬱は、私を喉許まで蝕《むしば》み、唾液と共に突然噴き出した。私は、それを抑えることが出来なかった。まるで、花粉に煩《わずら》わされたくしゃみをそう出来ないように。

最初に驚いたのは私自身だった。続いて彼が。彼は、一瞬何が起こったのか理解出来ない様子で、頰に付着した生暖かくて新鮮な私の嫌悪を手の甲で拭った。そして、言った。こういうことをする関係ではなかった筈《はず》なのだが。彼は、濡れた手の甲を、さも汚らわしいものに触れてしまったかのような表情で、ハンカチーフを当てて、こすった。ああ、終るのだ、もうじき。私は呟いた。彼の口の中に注ぎ込まれていたかつてのあの甘い液体が、ただの汚物に変わるのを目にした時、私は呆然とした気持で立ち上がり、その場を去った。

飛行機の中で、私は自分の体全部が乾燥していると感じていた。私は白いワインをむやみに体に流し込んだ。けれど、それは私の内部のあちらこちらに染みを作るだけで、私を助けようとはしなかった。ああ、痛い。私は口に出す。でも、いったい何が？　私の体は決して傷ついてはいない。それでは心が傷ついているのか、といえば、そんなこともない。私は今まで、自分の望むものをすべてものにして来た。ただ一度、それが手に入らなかっただけで心を痛ませる程、私は華奢ではない筈だ。けれど、私は確かにどこかを病んでいる。たとえば疥癬《かいせん》にとりつかれ、息もつけぬような苦しみに襲われて自分の皮膚を掻きむしる。そして、その後で悲鳴をあげる。痒いから。痛いから。そして、まだ絶望していないから。私の病気は、それに似ている。ダニは私のおいしい部分に食い付いて離れない。そして、毛穴を見つけてもぐり込む。私の手は、そこまで届かない。誰かお願い引っ掻いて。私は、叫んで助けを乞う。そして、そのうち、諦める。私は投げやりな気持でじっとしている。痛痒さは私の体じゅうを駆け巡る。私は叫ぼうとして両手を頬に当てる。けれど、開いた口は乾ききって声帯はもうかれている。

私は漠然と、今まで自分に与えられていた役割を考える。ドレスのように醜聞をまとった小娘。常識が醜聞に変わるのは世の中が私を認めたからだ。私はそう思うことで平静を保って来た。それどころか、それを耳にぶらさがる大きくて美しい耳飾りのように弄《もてあそ》んで揺らして見せた。けれど、それが少しも高価な宝石ではないことを自分自身が知っていた。それは名声の覆いをかけられて重さを増しただけなのだ。

私は小説を書いていた。そして、お遊びが好きだった。私は体に張り付いたドレスを身につけていつも街を歩いていた。それは時折私のピジャマになり、私の体の下でいくつもの皺《しわ》を作った。私は男が好きだった。私は暖かくて甘いものが好き。それは、私をとても心地良くさせる。私はいつもそういうものを捜し求めていた。たとえば、私の舌を可愛がるお酒。私を思いきり甘やかすお金。

お金を手に入れるために、私はとびきりの男を使って快楽を得、それの締めくくりをするためにおいしいお酒を買った。体なんて売っていない。ただ皆、私のことを好きだったのだ。男たちは私を楽しませた。私は、とても幸福だった。だから、満腹し過ぎて、時折は吐きそうになり、私はそれをもったいなく思いペンを握った。私の吐瀉物《としゃぶつ》は私の指たちをつたい、きらきらと光った。それは、やがて、高価な値で買われることなど知らずに無頓着に流れ続けた。

人々が私を娼婦のようなという形容詞をつけて呼んだ時、私はとても驚いた。誰もがしていることではなかったの？　私は少し機嫌を悪くして呟いた。男たちは私を心地良くし、私もまた彼らを心地良くした。そして、私には少しばかりお金が足りなかった。私は男たちが自分に渡すお金を親切なご褒美と思っていたのだ。だから、私はいつもにこにこと微笑んでいた。そして、遊び続けて、男たちとは裸で寝た。

親切な人々は、それはいけないことなのだと私に教えようとした。私は勉強は好きだけど、教えられるのは好きじゃない。

過去。あの人たちが好きな過去という言葉。そんなものを料理しても一滴の肉汁すら出てこないことを彼らは知るべきだ。しかも他人の。笑う。私は笑う。ひからびた燻製《くんせい》の好きな憐れな人々を。私は無視してあげる。他人の棺の上で踊るさもしい人々。そして、ハイエナ。あるいは蠅。気が付いた時、あのやさしい人々は私を舐めて成長した蠅になっていた。私は自分にたかろうと羽音をたてる虫たちを追い払うべく手をひらひらと揺らした。そして、初めて、それらの多さに気付いて愕然としたのだった。

私を最低の人間だと或る人は言った。私は迷った。はたして、そうかしら。お金をもらっていたのだからいいのだと私は思った。お金をもらわない娼婦になんて私はなれない。もしも、私が本当の娼婦であるなら。一番いけないのは人を騙《だま》すことではないか。私は非難される自分を少し悲しく思い涙ぐんだが、自分は誰も悲しくさせていないのだと思い直した。あの人たちは蠅なんだもの。私はそれまで通りの日常を続けて行こうとして、そう出来なくなっている自分を知った。再びあの人たちの言うところの娼婦としてやって行くには、私のあの吐瀉物たちは多額のお金を稼ぎ過ぎていたのだ。そして私は娼婦が許されても娼婦という過去が許されないものであるのを知る。

私は初めてのことに困惑し、お遊びを止《や》めた。けれど、既に習慣となった嘔吐を止めることが出来ずに体重を減らした。甘いものをたやすく手に入れることに終止符を打った私は、どうして良いのか解らずにうろたえて重大な過ちを犯した。つまり、男をひとりだけ選んで愛してしまったのだ。

私は、その日以来、呑気な人生から追放された。私の小説はもはや吐瀉物ではなくなった。吐き気は見事なくらいに治まってしまい、指を喉に差し込んでも胃液すら出て来ないのだった。吐けば楽になる。そう思っているのに私には出来なかった。私には吐くものがもう何もない。私はひとりの男にあまりにも煩わされていた。彼に妻と子供がいるというのが原因ではない。そんなことは私には何の関係もなかった。私は、ただ彼一人だけを見詰めていたのだから。

それは熱病だったのだと私は今、思う。私は、彼の不在に怯えて夜中にがたがたと震えていた。私が震えるということ。それは悲しいくらいに滑稽だった。私は今までそうしたことがなかった。震える前に男たちは私の体を毛布のようにくるんでくれたから。私には、その時、彼しかいなかった。彼が部屋を出て行った後、私はどのように自分の体を暖めて良いのか方法を知らなかった。

ペンを握る。そして、馬鹿馬鹿しさにそれをほうり出す。私はそれをくり返すことしか出来ない。「今」にかまけ過ぎている、と私はせつない気持になる。私は彼によって、ではなく、彼の不在によって苦しめられている。

私はそれまで、次々とお気楽な過去を生み出して来た。そして、それは同時に私の醜聞でもあったのだが。私を少しばかり困惑させたあれらの噂、あるいは事実をとても恋しく思う。本当に私を困らせる事実は人々の見えない所にある。吐きたい、けれども吐けない。私の心は膿《うみ》を持って熱くなる。けれど、その膿を庇っているのはもうひとりの自分なのだ。

私の指から壊死《えし》が始まる。私は死にたいと思わない。けれど、死にかけている。

私は今まで甘いものだけを舐め続けて来た筈であるのに。あの男は甘くない。私は出て行こうとする男の足首にしがみついたことがある。何故なら私は手許に置いておきたかったから。あの優雅で不真面目な日々はいったいどこに行ってしまったのだろう。私は彼が自分をひとりにして行ってしまうのが恐かった。

私は人前でいつも笑おうとしていた。私は、人々に名前を知られていたから。あのスキャンダラスな明るい無防備な少しばかり魅力的なそしておおいにただならない作家として名前を知られていたから。私は彼に恋をして以来、明るくもなく無防備でもなく、そして小説も書けなかった。まるで人々が言う本物の作家のように。私はそれを知られたくなくて微笑した。私は完全に装うことを覚えた。

私は自分を可哀想に思い自分自身のために泣いた。そして、あの安息の日々を心から恋しく思った。甘い飴を再び舐めたいのです。私は、原稿用紙にそう一行だけ書いた。残りの空白は私に呼びかける。私は、それに従い、受話器を取って初めて彼に電話する。

自分を再び甘やかしたいと思った時、私はどこに自分自身を置くことを選んだか。横になる寝台が欲しいのだ。私のその言葉に男友達はすぐさまバリ島行きの航空券を手配してくれた。その島に関して何の知識も持たない私は不安げにティケットに打たれたデンパサールという地名を指で撫でた。

男友達はひさしぶりに会った私を眩しそうに見詰めながら、寝ようよと一言、言った。寝るの？　何のために？　多分、この次に会うきみは違う女になっているだろうから。彼は、そう言って私に口づけをした。私は気が進まなかった。私は唾を吐きかけたばかりの男を思った。ねえ、私の口の味、どう思う？　いいよ。でも、不潔で汚ならしいと思う人もいるわ。そういう男と別れて来たのか。まあね。その男、すごく君のことを愛してたんだね。

男友達は私を抱いた。私を安心させるようなやり方で。そして、私は安心した。愛し過ぎないことは人をやすらかな気持にさせる。今のきみを最後に抱いたのはぼくが最初で最後になるね、と彼は言う。今の私ってどういう意味、と私が聞く。愛し過ぎた男を頭のなかに携えたきみということさ。きみはいつも目の前のものしか見ていなかったし、目の前にいる男にしか欲情しなかったじゃないか。確かにそうだった、と私は唇を噛み締める。私は親切な男友達を前にして、とても素直に言ってみる。私、疲れているの。苦しいの。口に出すと、涙は流れて私はほんの一瞬楽になる。そんな私を見て私の男友達は子供をあやすように私の髪を弄ぶ。暑い国で休んでおいで。ありがとう、私は「サバサと孤独」の主人公にはなりたくないの。だから、ね、行っておいで、あの熱帯の安楽椅子に。彼は、一言、私に注意を促す。気をつけるんだよ、人をあまり愛し過ぎないように。私は少し困った顔をして、曖昧に微笑して、ベッドに残っている彼と挨拶をかわす。じゃあ、行くわね。さようなら。扉を閉じて、私は今、飛行機の中で乾いた孤独を吸い尽くす。

デンパサールの空港を出ると、やくざなタクシーの運転手たちが私を取り囲む。私は、初めて出会う東南アジアの人間たちに少し恐れを感じながらも、その中でも一番、美しい青年を選び取ってタクシーに乗り込む。

「バリは初めてですか」

私は彼の綺麗な英語に少し驚きながら頷く。初めてのことだらけよ。私は呟く。男に夢中になったのも、そして、自分のほうから別れの言葉を口に出したのも、そうしながらも、まだ相手の男に執着しているのも。今まで、私が後悔を抱えて旅行に出たことがあっただろうか。

初めての私のために運転手は通り過ぎる場所を細かに説明してくれた。私は、それを音楽のように聞きながしながら、夜の空の星の多さをぼんやりと感じていた。

「今は、乾期なの？」

「ちょうど、中間です。あなた、いい時に来たよ。夕陽も見られるし、雨を浴びることも出来る」

不機嫌そうに黙った私に気を使いながら、運転手はことわって煙草を吸い始めた。その赤い箱にはグダン・ガラムと書いてある。車内には丁子《ちょうじ》の甘い香りが広がり空気は和む。私は、やっとおしゃべりな運転手を許そうという気持になる。

ホテルに着くと運転手は急いで降りて、私の座席のドアを開けて言った。よかったら、明日、島を案内しますけど。もちろん、無料で。

「親切ね。でも、どうして」

彼は笑いながら自分のネームカードを私の手に握らせた。

「あなた、素敵だから。でも、心配しないで、決して強姦なんかしませんよ」

今度は私が笑った。そう、無頓着って幸福なことよね。私のこの言葉に彼は不思議そうな表情をして立ち尽くしている。

「私は、おいしいものが食べたいの。おいしいものだけが、よ」

「OK。あなたはいい選択をもう二つもしたことになるよ。この島と、そして、運転手《ショファー》だ」

彼は片目をつぶりながら私の荷物をトランクから出し始めた。

部屋で私は、もてなしのための米のワインを味わう。おいしいものだけ。私は運転手にいったい何を言おうとしたのだろう。あの男は、もう、私にとっておいしくはない、とでも？ 思い出して見れば、恋に落ちたその瞬間から、彼はおいしくなどなかったのだ。私はきっと錯覚していたのだ。私は麻薬を打たれただけだ。食べても食べても飽きたらない、いわゆる「神経の病気《マンチィ》」にかかっていたのだ。麻薬、あるいは、食べかけた木の実。けれど、木の実はおいしい。そして、私は麻薬が好きだ。自分を肯定する。そして、そのそばから否定する。この習慣、頼りない性癖は都会からの土産物だ。私はきっと無駄なことを知り過ぎた。多くのことをしゃべり過ぎた。波の音が聞こえる。ベッドの下に棲みついているらしいヤモリが顔を出す。米のワインに指を入れ、したたる赤い雫を小さな頭にかける。彼はまた隠れる。私は濡れてしまった自分の指を舐める。ああ、私は何も知らない人になりたい。

朝食の卵を彼がまちがえたのが始まりだ。目玉焼きをひっくり返して《トゥ エッグス オーバー ミディアム》、と注文したのよ。私は生卵が嫌い。生きているように見えるから。私、ひっくり返してないのは食べられないの。困惑した私に、ウェイターは、少しも悪びれない様子でこう言った。

「ごめんなさい。この卵のやつ目を開いて、あなたをしっかり見詰めたがったものだから」

海辺に置かれたテーブルに肘を着いたまま、私はそのウェイターを見詰める。白い麻のテーブルクロスが朝の陽ざしを反射させ、私には眩し過ぎて彼の顔がよく見えない。

「そういう冗談《ジョーク》って少しもおかしくないわ」

今度は、彼は本当にすまなそうな顔をして私に謝った。

「すみません。卵のせいにして」

私は吹き出した。嘘よ、本当は好き。軽口は人生を楽しくする。そして、目の前の男は、それを知っている。

私が機嫌を直したらしいのに気付いてウェイターはほっとしたように微笑した。太陽は熱くて銀の食器は濃い影を作る。私は眩しさに目を閉じる。すると、私の心の中の幕は降り、私は余計なことを思い出さずにすむのだ。私には何も見えない。私は今日から何も見ないことに専念するだろう。陽ざしは私の後頭部を灼き、それから体の芯を暖める。私は怠《だる》くなる。そして、それは、酔っているように心地よい。目は開けなくては。けれど何も見たくない。私は、朝だというのにシャンペンを頼む。少しあきれた表情のウェイター。いいじゃないの。私は目を開いたままでうたた寝をしたいのよ。私は酒に酔った年老いた猫になる。目の前の卵も今度は目を閉じている。波の音。夜よりも陽気な。きっと、それは私の記憶を削り取る。私は熱に犯されながら、ぼんやりとそれを待つ。

目を閉じることは、決して幕を閉じることと同じではない。私の細胞は記憶力が良過ぎるから。瞼を閉じた時から私の苦しみは始まる。あの男が愛したイタリアの赤いワイン。そして、彼が好んで身に着けた砂色の衣服や私がそれに手をかけた時に生まれる灰色の皺。顎にはえた少量の白い髭とそこから続いている褐色ののど。

私の目の奥では沢山の色彩が焦点を結ぶ。華やかに、あるいは俗悪に。私はそれらの中で溺れかけて救いを求めて頭を抱え込む。私の睫毛は私を助けるべく下瞼をくすぐり始める。それが始まると私は反射的に目を見開く。すると、そこには無関心な海や呑気な空が広がっている。私は安堵する。自分の外側にあるものたちに腹を立てて、その後、絶望すること。それは馬鹿げている。私の手の下の麻のテーブルクロスや黄ばんだコーヒーのためのクリームには何の責任もないのだから。絶望のみなもとは私の内だけにある。それでいい。周囲のものたちに見捨てられる幸福を私は今、味わっている。目を見開いた私には、目の前にあるもののしか見えない。

私はものの見えるめくらになる。テラスを行き来する十二インチ程もある蜥蜴《とかげ》、そして明らかに私に興味を抱き始めた制服のウェイターの鳶色《とびいろ》の瞳などだけが私の角膜を刺激する。私は微笑することが出来る。朝のピンクシャンペンに酔ったうすら笑いを浮かべる小娘。その印象は私をとても喜ばせる。南の国の生暖かい風。ブラインドの代わりを果す椰子の葉。グダン・ガラムは私の香水になる。きっと。私は自堕落な死体になる。あるいは、物解りの良い人形に。腐臭を漂わせない死人になることが、どれ程困難であるかに、まだ私は気付いてはいない。卵は目を閉じて微笑する。私は目を開けたまま微笑する。甘いオレンジのプレザーブ。私はパンをかじりコーヒーを啜《すす》る。シャンペンの泡は舌の上で消え、喉許を親切に通り過ぎる。すべては幸福に見える。すべてが幸福に。

彼は後ろの座席のドアを開ける運転手《ショファー》の義務を無視して私を助手席に座らせた。けれどそこと運転席を区切るギアスティックがないことは私を少々怖気づかせた。けれど馬鹿正直にホテルの前でいつ出て来るのか解らない私を待っていてくれた彼の人の良さそうな笑顔を見て私は安心した。私は自分に何かを求めている男が私を当てもなく待ったりはしないのを知っていた。

彼は行き先を尋ねることもせず車を走らせた。それは、今日一日を仕事のためでなく費そうという意志の表れのように私には思えた。空気は動いていない。水田で働く茶色の牛たちは皆悲しそうな目をしている。働かされるのが嫌なのね、と私は呟く。えっ？　という表情で運転手は私を見る。作為のない瞳を持つバリ人たちに比べて、この島の動物たちは、諦めや悲しみをたたえた不幸な瞳を携えている。たとえば犬。道をとぼとぼと孤独に歩き続ける犬。あばら骨を剝き出しにして異様に腹を膨ませた彼らは、決してしっぽを振らずに道ばたで交尾する。せつない声で牝犬は小さく叫ぶ。ただの快楽のひとつとして、彼女たちは男を受け入れる。一瞬の夢中の時が過ぎれば牡犬たちが、また道を歩き続けてしまうことを知っている。残された彼女たち。椰子の間を走る細いアスファルトの道に寝そべったままでいる。腰に怠さを残して行ったものが何であったかを、もう既に忘れている。

あれは僕の犬なんだ。突然、運転手が言う。ずっと僕の犬だったけれど、もうすぐ死んでしまうだろう。

「飼っていたの？　飼い犬には見えないけど」

「飼うって？」

「つまり……家に置いて餌を与えていたのかってこと」

私は口ごもって彼に説明した。彼は少し感心したように眉を上げた。

「それなら、違う。いつも、この道を通ると、あの犬は僕のことを見て立っているんだ。だから、あれは僕の犬。でも、もう立てなくなっている。前は、僕のクラクションを待って笑っていたのに」

「助けてあげようとしないの？」

「何故？」

「死にそうなんでしょ」

「もう、大分前から、あの犬は死にたいと思っているんだ。邪魔するの、嫌だよ」

川で老人が体を洗っている。彼の股間には、もう誰も感動させない皺だらけの小さなものがぶらさがっている。通り過ぎる女たちはそれを無視して立ち話をしている。腰に巻いた布《サルン》は紫。その陰で水を浴びる老人を私は見詰める。驚きも羞恥もない眼差しで。人を感動させないものは、もはや罪ですらないのだ。

太陽は真上にある。デンパサール市内に入ると急に空気は動き始める。果物籠を頭に載せた女たちが歩きまわり、甘い匂いを振りまいている。子供たちは路上にしゃがみ込み臓物のスープを啜り上げる。その強烈な匂い。私は好奇心に駆られて運転手を促して車を降りて歩きまわる。そこには、ありとあらゆる匂いがある。果物は強過ぎる香水のように私の頭を痛くする。私は、転っている熱帯の果実を踏まないように市場の中を通過する。折りたたまれたバナナの葉に流し込まれた粥を無心に食べ続ける少年。その濡れた唇は反吐を吐いたばかりのように見える。唾液の含まれたおいしい食べ物。私に不快感はない。目の前にくり広げられているものはすべて本能から生まれ出て来たものだから。蜂蜜は巣ごと新聞紙の上で売られている。お尻を穴から出したまま死んでしまった蜂たち。蜜にくるまれているおいしい死骸。私もそのうち、きっとそういうふうになる。

「あれ、欲しいわ」

「きみには食べられないよ。ホテルで出す蜂蜜とは違うんだぜ」

「でも、欲しいのよ」

彼は、仕方なく値段の交渉を始める。私は周囲を見渡しながらそれを待つ。檻《ケイジ》に入れられた鶏は騒ぎたてる側から首を切られて売られて行く。死んだものは売られる程の価値を持つ。それは人間の場合でも同じこと。すべてはそれで許される。

蜂蜜の包みを抱えた私は毛布にくるまれた両腕のない乞食に出会う。彼は物乞いの声も出せずに静かに嫌な匂いを放ちながら、そこに置かれている。立ち止まって動けない私を運転手はせきたてる。きみのせいじゃあないのだから。彼はそう言って私の手を引いてその場を去ろうとする。新聞紙からは甘い汁が滲み出て私の腕を濡らす。私にはどうして良いのか解らない。隣りにはのんびりとシャボン玉を吹いている子供がいる。私は咄嗟に財布から一万ルピアの紙幣を抜いて乞食の前に落とす。周囲の人間からは、驚きの溜息が漏れる。私は決して裕福ではないのだ。ただお金だけはある。気がすんだだろう、と運転手は私を人混みから連れ出そうとする。私は、彼に手を強く引かれながら何度も後ろを振り返る。私は不安になった。あの人は、あのお金を使うことが出来るのかしら。だって、あの人にはお金をつかむべき手がないのだもの。人々は乞食の周囲に輪を作る。けれど、彼らが囲んでいるのは、私の投げたお金であって、決して彼ではないのだ。

遅い午後。遠くでガムランの音が響く。シリー煙草で口を赤く染めた老人が半裸で横たわる茶店《ワルン》。五匹の仔猫が小鳥のように屋根にとまっているそこに私たちは足を踏み入れる。砂糖とかすの沈んだ生ぬるいコーヒー。私はそれを舐める。少女たちが代わる代わる私の顔を覗き込んでは笑い声をたてて奥に逃げ込んで行く。彼女たちにとって大き過ぎる耳飾りと露出し過ぎた衣服を身に着けた私は一体どんなふうに映るのだろう。

「すごいこと教えてあげようか」

運転手の青年は重大な告白をする時の目つきで私の耳に口を寄せる。

「あの一番小さな女の子、父親がいないんだよ」

その言葉は禁句のように遠慮がちに私の耳に注ぎ込まれる。

「それがどうしたの？」

「父親がいないんだよ⁉」

「それって重大なことなの？」

彼はもどかしそうに私に説明をする。父親のいない子供は一生その暗い生い立ちを背負っていかなくてはならないと言う。バリ人のすべてを支配するヒンズー教の形作る社会からはじき出された彼女らは寺に行くことも許されない。

「じゃあ、結婚前にセックスをしてはいけないの？」

彼は首を横に振る。

「あなたもしないの？」

彼は、いかにも恥入った様子で、「するよ」と一言答えた。

「でも、子供が出来たら、その女の子と結婚しなくてはいけない。さもないと」

道で交尾して、そのまま眠りこける犬と同じに扱われるという訳ね。恐れながら体を合わせて何が楽しいのかしら。私の呟きを聞いて彼は憂鬱そうに頰杖をつく。

「だから皆、外国人の女たちと遊ぶのさ。オーストラリア人、オランダ人、そして、日本人。でも、日本人はプライドが高くて嫌な気持になるよ。特に女の子たちはね。同じアジアから来たとは思いたくないみたいだ」

私は吹き出した。欲望は流れ出てそこに溜まる。悲しい外国人たち。彼らの欲しいバリニーズの女たちは腰を固く布で巻き、彼らの前で脚を開くことすら出来ないのだ。それに比べてみずから彼らの前でストリップティーズをやって見せる白い女たち。彼女たちの方が余程、この島の退廃に似合っている。彼女たちもまた、自分の欲望を彼らに吸い込ませる。そのためにやって来る。浅黒い肌に包まれた指や舌や性器に自分の体液を塗りつけるために。けれど、それのどこがいけないというのだ。私だって日本ではそうしていた。あの男に出会う前までは。快楽は苦しみよりも美しい。そして、無責任だ。人は安らぐことが出来る、その中で。快楽は苦しみと同じように人を泣かせることすら出来る。私は快楽を貪っていた。そして次に私を誘惑した苦しみを。

「そういう外国人の女たちを軽蔑する？」

「まさか。それがどんなに気持良いか僕たちは知っているもの」

そう言う時の彼は突然悲しい目をする。あの死にかけた犬のように。私たちはワルンを出て車に乗り込む。空はいつのまにか曇っている。男が走ってワルンに飛び込む。中からブラジャーを胸に着けただけの太った女が出て来る。あれが父親のいない子供を生んだ女さ。運転手がそう言う。女は待ちきれなかったというふうに男の背を押して中に入る。私たち客が来ても子供たちに相手をさせるくらいの怠惰な女が半分裸で外に飛び出すこと。女の瞳は潤んでいる。そして、不幸だ。私はやるせなくなる。女は、やがて汗をかき、おくれ毛を首筋に張り付かせるだろう。唯一、贅肉のないその箇所に。快楽から生まれた不運な少女は一心に私たちの遠ざかる車に手を振っている。

雨が降り出した。激しい雨は人気《ひとけ》をなくさせ、私は目の前の男と車の中で抱き合っている。プリアタンに行く筈だった私たち。彼はいつ運転手《ショファー》である務めを止めてしまったのか。目の前には雨で霞んだ水田。そしてニッパ椰子が。遠くにヒンズーの寺の囲いが見える。

車の中は私たちの吐息で徐々に蒸し暑くなる。彼は私の首筋に唇をつける。そして、私の汗を吸う。私は声を上げる。そして、それは雨音にかき消され蒸発してしまう。軽蔑してもいいのよ。私は言ってみる。彼は首を横に振りながら唇を下にずらして行く。ゆっくりと。そして器用に。私は決して目を閉じない。ぼんやりとフロントガラスを見詰め続ける。たたきつける雨は目の前に川を作る。イヤリングの落ちる音がする。私の片耳は、今、とても無防備に快楽を味わっている。彼の舌はとても潤んで私の肌の上で音を立てる。私の耳はそれを喜んでいる。その音は、多分、あの死にかけた犬が水を飲む時の音に似ている。あるいは、デンパサールの果物市場で死にかけている乞食の放尿する音に。

あの蜂蜜はどうしただろう。私は突然思い出す。首をわずかに後ろにそらしてバックシートを盗み見る。新聞紙にくるまれたそれは、じっとりと蜜を座席に漏らしている。失禁した蜂蜜。そして、私。ああ、やはり私はお尻を剝き出した蜂たちに似ている。

雨は止《や》まない。私たちの遊びは続く。外は洪水になり、私の記憶は霧になる。目に入るのはグダン・ガラムの赤い箱。そして、決して私を探ろうとはしない私の太股に置かれた彼の左の手。私は溜息をつく。そして彼も。何故なら私の右手も彼の脚の間を可愛がっていたから。雨は降り注ぐ酒のように私たちを酔わせる。私は彼の髪をつかみ上に向かせて唇を奪う。そこには私が裂け目から湧き出させる快楽が流れている。そこに棲息しているあの男の欲望の産物を私は殺すのだ。私は彼の股間に口をやる。南の国の熱。私の心は消毒されて行く。水田は溢れる。そして、私たちは溺れる。あの乞食は一体、どこで雨やどりをするのだろう。彼には足がない。どうやって歩くのだろう。私の投げた一万ルピア。それは地面でふやけて、きっと木に戻る。そして、彼は土に戻って木を育てるだろう。

あのどす黒いコーヒーに、はたして私はクリームを入れただろうか。いいえ、入れなかった。底に泥のように溜まる砂糖しか。あれを毎日飲み続ければ、きっと、私の歯は痛む。そして、抜け落ちる。歯のない老婆は悲しい目をして死を待つだろう。私は死について、考え過ぎるような気がする。けれど、自分が決して死なないことを知っている。私は色々なことを見くびっている。だから、あんな失敗を。可哀想なあの失敗。ああ、私はあまりにも真摯だった。誰が一体、男の足にしがみつく？　いかないでくれと懇願する？　不安に裏打ちされた快楽なんていらない。快楽は快楽。目の前の男は素直だ。私をとても欲しがっている。私は決してじらさない。何故なら私も欲しいから。彼の肩は私の顔に覆い被さる。浅黒く滑らかな肌。私はそこに爪を立てる。それは彼の動きと共に彼の背中に線を引く。私は心地良い。とても。誰のためにでもなく、ただ自分のために声を上げる。彼は、それを悲鳴だと思い腰を引く。止めないでと私は命令する。私の声は快楽の叫びをあげ続けてそのうちつぶれて行くだろう。

私が快楽を乗り越えるまで止んではいけない。私は雨にそう言う。私たちの小さな箱には覆いが必要だ。その内側で、空気は濃密になり過ぎて結晶を作る。熱帯のスコールはあくまで毅然としていて、私は少し恥じる。目の前にある湿った肌を吸い取り紙に使う私自身の安易さを。

このようなお遊びを私は今まで文字に変えてお金を稼いで来た。それはとても許しがたいことだと人々の目には映ったことだろう。けれど、彼らにはどうすることも出来なかった。彼らは私を特別だと思っていたし、そして、私が好きだった。私の行動、そしてこのふしだらな指がペンを手込めにして生み出す数々の悪事をどうしても知りたいと思っていた。彼らは私を少しでも傷つけたか。答は、NO。犯していたのは私の方だ。私はいつも人々を強姦していたと言える。そして、それは彼らの願望だったのだ。私は、とても、自分に、そして周囲に柔順だった。感動の器官を強姦すること。私は、それによって世間を甘やかしていた。もちろん自分自身も。

愛しているという言葉を私に先に言わせたのはあの男のほうだ。そして、私は言った。彼も確かにそう言い返した筈だ。もしも、私の記憶にまちがいがなければ。私の記憶はすぐに頼りない柔らかな化石になる。細部の溶け落ちたいい加減な、それでいて頑固な化石に。そこでは色々な男たちがやさしく蠢《うごめ》いている。好ましくて、どうしようもなく不埒《ふらち》な男たちが。私の腹の上に乗って私の体に杭を打ちつける青年。彼もきっと仲間のひとりになるだろう。彼は数時間前までは確かに私の運転手《ショファー》だった。私を乞食から遠ざけようとする程に道徳的だった。それだのに今は。彼を可哀想な人間に仕立て上げたのは私だ。そして、彼は私の身勝手に従っただけだ。あるいは彼自身も膿んでいたのかもしれない。そうであればいい。膿は押し出さなくてはいけない。たとえ、傷口がまだ熱を持っていたとしても。私の脚の間は、きっと、そうだった。熱を持っていた。そして、うわ言を言い続けていたのだ。彼はそれを聞いたのだと思う。

私の足の指たちは吸盤を携え、器用に窓ガラスに張り付いている。卑しく、そしてひたむきに。待っている。雨が止むのを。雨は私たちを待っている。私の脚が行儀良く閉じ、男の腰がしとやかに静止するのを。ベッドの中、車のシート、バスタブのぬるい湯の中、時にはトイレットの冷たい陶器の上で、私と数多くの男たちは、そのことを目的として努力する。穏やかに休息をしたいばかりに、滑稽で、そしておおいに素敵な努力をするのだ。男たちが、その努力をするために私を訪れること。私は、いつもそれを予感して胸をときめかせた。そして、あの男が私に教えた。努力をしたあとに胸をときめかせることを。ときめくという言葉は似つかわしくない。その後で私は、不安におののいていたのだから。自分の許を去って欲しくないと感じた人間。その最初の人物が目の前で優雅に煙草をふかすということ。私は指にはさまれた一本の白い紙で巻かれた罪のない煙草にまで嫉妬したものだ。嫉妬！　この言葉を口に出すと私は両手で顔を覆いたい衝動に駆られる。恐ろしい言葉。とりわけ対象が定まっていない場合には。私が一番自分の心臓の鼓動を意識したのは彼が私の視界にいない時だった。ひとりきりの夜、眠る私をひとり遊びを覚えた胸騒ぎが揺り起こす。置き時計に目をやる。午前四時。私は突然孤独になる。孤独は決して睡魔に負けたりはしない。何故、私はひとりでシーツに皺を作って呆然としているのか。私は自分が迷子になったと感じる。そして、泣く。私は自分のベッドの中で道に迷って泣いている。昔、締めつけたドレスの胴が少し窮屈だと感じながら、酒に酔って踵の高い靴をテーブルの下にそっと脱ぎ捨てた時間に今、私は可哀想な子供になっている。あの時は少し疲れていた。周囲のものたちに。そして、今は自分自身に疲れている。けれど、疲れ果ててはいないのだ。だから、こうして、心も望みを持って苛立つのだ。絶望してしまえばいいのだ。絶望してしまえば。けれども、絶望より孤独の方がいつも駆け足ははやい。そして、希望はいつも孤独の先まわりをする。ひとりの人間に執着してしまった時、私はこの法則を背負い込んだのだ。このことを私は愛と呼びたくなんかない。あの男が最初にその言葉を使い始めたのだ。私は、そして錯覚した。錯覚はやがて真実に成長する。私の心の中の生暖かい栄養分を吸いながら。それは吸い尽くされて空になる。その時に、ようやく私は絶望をものにする。足の裏の吸盤に私はそれを張り付けたままにしている。

雨の音が弱くなる。それと同時に陽がさし始める。私は自分の意志で快楽を終局に持って行くことが出来る。後は、私の上にいる男を静かに見守るだけだ。ドアのガラスから足を離して私はそれをハンドルに載せる。足の指たちはハンドルを弄ぶが男はそれに気付かない。私は車の外に虹を見る。ねえ、あれ。私は人差し指を外に向ける。男は後ろを振り向きざまに声を上げる。そして放出する。ああ、綺麗だ、と彼は言う。私たちはゆっくりと体を起こして服を直す。雨は止んでいる。シートはすっかり濡れて水溜まりすら作っている。バックシートの蜂蜜が。そして、フロントシートの体液が。

私はホテルの手前で車を降りようとした。運転手は意外な表情で外に出て、私の座席のドアを開けた。ホテルまで送ってもいいんだよ。いいのよ、ここで。彼は、格式あるホテルの玄関で私を降す程、礼儀正しい運転手ではない筈だ。そして、私も、そうされる程、淑女《レディ》ではない。彼は助手席のドアを閉めながら私に口づけた。そして尋ねる。

「今度はいつ？」

私は曖昧に笑って彼に口づけを返す。

「また、雨が降ったら」

私は言う。彼は笑う。はやく雨期が来ればいいね。私も笑う。そして、さよならを言う。彼は運転席に戻る。そして、何事かを言い忘れたかのように窓から首を出す。なあに？　私は目で問いかける。

「もうじき、大きなお祭りがあるんだ。連れて行ってあげようか」

「何を祝うの？」

「祖先の霊が戻って来るのさ」

「ふふふ。死人は大人しく眠ってればいいのに」

彼は、人差し指を口に当てて、そんなことを言うものじゃないという仕草をする。ＯＫ、ＯＫ、無邪気な死人も悪くはないわね。私は彼の真剣な表情に少し驚いて肩をすくめる。そして、もう一度、さよならを言う。

私は道草をしながらホテルまでの道を歩く。私の心は今だけ少し軽くなっている。私はとうとう他の男に再び抱かれた。そして、快楽を堪能することさえやってのけた。それも、とても安易なやり方で。私は少しの勝利感を味わっている。ほんの少しの心の負担を取り除いただけで。一本のペニスは私の脚の間から注射器のように毒を少し抜いた。もしかしたら、私はそれをくり返すかもしれない。そうすれば私は空気を抜かれた自堕落な人形になるかもしれない。私は、浮わついた自分を少し恥じる。仕方がない。まだ、夕暮れだもの。まだ、海は夜の保護色にはなっていない。だから、開けられた目には、その情景だけが、映される。私は心の底を見ないですむのだ。瞳がもとから持つ以上の能力を発揮出来ない時刻には。

私は小走りをした。そして、歩いた。それをくり返した。石垣に少年が寄りかかっている。私は、それに気付いて驚いて立ち止まる。彼は、じっと私を見ている。私は、我に返る。急にあたりは夜になる。私は、心に再び重くて苦しいものを感じて呆然とする。少年は車から降りて来た私をずっと見ていたのだろうか。彼は何も言わずに私を見詰めている。背は私と同じぐらいだ。私はぎこちなく彼に笑いかけた。彼は穏やかな瞳で私を見詰めているだけだ。髪はところどころ色が落ちて金色になっている。海岸によくいる種類の少年にみえる。何故、気付かせるの？　一体、何の権利があって。私は心の中で不平を言う。彼は私を静かに見詰め続けている。私はいたたまれなくなり走り出す。そうだ。私は確かについ今しがた男の体を抱いて来た。そうすることが出来たのだ。優越感。それは、やはりあの男に向けられた感情なのだ。ああ、嫌だ。誰か助けて。私は走った。私は感情など捨ててしまいたいのだ。とりわけ、あの男に向けられた感情など。追いかけて来る。あの少年が。けれど、私を追いかけて来るものは少年の格好をした別のものだ。助けて、と私は叫ぶ。ホテルの灯りの中に私は飛び込む。守衛《セキユリテイ》の怒鳴り声で私は後ろを振り返る。少年は守衛に突き飛ばされて地面に尻餅をついている。彼は怯えた私を悲しそうに見上げている。守衛は棒で二度少年をぶった。私は守衛の背中に飛びついて泣く。お願い、止めて。その子は違うのよ。私を追いかけて来たのはその子じゃないのよ。私は泣きじゃくる。私が逃げたのは、その子からじゃあないのよ。守衛は不可解な表情で去って行く。暗闇の中に少年の後ろ姿が見える。謝りたいと思いながらも追いかけて行くことが出来ない。私は、きっと、まだ夜が恐いのだ。

庭師は英語を喋らない。私を目覚めさせるのは、ポーチに散らかしたワインのデキャンタを隅に寄せて木の葉や出来立ての蜘蛛の巣を掃除する彼のたてる物音。あるいは、とても早く起きて鳴くベッドの下の可愛いヤモリ。彼は自分を鶏だと思っている。私はそれを聞いても起き上がらない。大理石の床はきっとまだ冷たいだろう。熱帯が熱帯であることを取り戻すまで、私はベッドに体を横たえたままにしている。私は電話をして酒を注文したい衝動に駆られる。アイ・オープナーとしてのウオッカ。そしてトマトのジュースにセロリの棒を添えて。この土地は一日じゅうを酒に支配されている。流れ出る水は飲むためでなく体を洗うためだけに存在している。水たちはいつも人間の体を観察している。無邪気な水の流れ。汚物と親しくなれる程に素直な。

ガラス張りの大きなドア。カーテンの数インチの隙間から、庭師が見える。彼も時々、ベッドの上の冷たいシーツにくるまれた私を見る。彼だけが、私の裸の足の裏を知っている。どんな皺を作って私がベッドの上で死人になっているかを知っている。私が目覚めているのを知ると、彼は私に向かって微笑する。そう、私って、とてもふしだらな眠り方をするのよ。私も裸の肩を剝き出しにしたまま微笑を返す。何も話したことのない庭師と私の間には、こうして姉と弟めいた慣れ合いの関係が生まれる。そのうち足は四本になるかもしれないわよ。私は目でそう言って見る。彼はほうきを手にしたまま笑っているだけだ。そして、怠惰な踝《くるぶし》を放ったまま、自分の仕事に精を出し始める。足許を見ると彼も裸足だ。踝はえぐれていてとても細い。土と同じ滋味にあふれた色をした踵《かかと》。私は急に空腹感を覚え始める。

朝食のテーブルは私にとって既に楽しみとなり始めている。私が食堂に姿を見せるとあのワヤンという名のウェイターが駆け寄って来て椅子を引く。私は綺麗に編まれた籐の椅子にゆったりと腰を降して波を見る。私は、考えることや思うことから解放されて心地良くなる。サーフボードを抱えてざりがにを捕えに行く少年が浜辺に見える。捕えられたざりがにたちは鋏を取られて、市場に並ぶだろう。鋏の墓がきっとこの島のどこかには、ある。あるいは海の中に。もしも、そうなら海の水はおいしいスープの筈だ。泳げばきっと私の身は溶ける。そして、海に浮かぶ泡になる。その時こそ、私は何も考えない人になるだろう。強い陽ざしの中の私の上にやさしい影が舞い落ちる。ワヤンがナプキンを腕にかけたまま、笑いながら私の注文を待っているのが海を見たままでも感じ取れる。

「今朝は目を閉じますか」

私は彼を見上げて頷く。数日の間に彼のこの問いかけは私の一日を始める儀式になった。彼は澄んだ瞳を持っている。そして、そこに屈託のないのが私の気に入った。最初の何日かは、私は彼の顔を見ることをしなかった。ただ目の前の卵やきつね色に焼かれたトーストだけを私の瞳は映していた。白いテーブルクロスの上の色彩。コーヒー。そこから立ちのぼる湯気。それの向こうに透けるぼやけた海。白い皿の上の燻製や銀の壺に盛り上がる砂糖など。そして、いつのまにかそこにはワヤンの影が加わった。影は動いて私にまばたきを強要する。私は我に返って瞳の焦点を合わせる。そして、テーブルの上を要領よく行き来する骨張った大きな手の存在に気付いたのだ。手は私のカップにコーヒーを注ぎ、はけでパンくずをかき集め、銀のナイフとフォークを音も立てずに置いた。私は彼の手を彼の手だと思わずに凝視していた。ただの手として。指のつけ根には四つの大きな山がある。そして、距離を置いてまったく別の存在である親指が。それらは器用に動いて私の目を釘付けにする。銀の食器、あるいは質の良い陶器を扱い慣れた指。私は安心する。この手は何も作り出さない手だ。それが私に必要なもの。私は、初めて彼の顔を男のそれとして意識しながら見詰め始める。私の視線を受けて彼は少しうろたえる。それは、決して卵の注文をする目ではなかったから。取るに足りない男が或る日、妙にくっきりとした輪郭を持って私の前に浮かび上がること。それは、このように他愛のないことから端を発する。そして、私は少しずつ朝食を楽しみ始める。カーテンの隙間からこぼれる庭師の微笑で私は目覚め、綺麗な英語を使うウェイターによって私の口は生き返る。私はこの島に来て、男の視線をとても素直に受け止めている。彼らには思惑がないから。私に何も求めない視線。彼らが私を多分欲しいのだと感じる視線にぶつかることはある。私はそれすら快く甘受する。性愛の要求は、私を少しも苦しめない。肉体を求めることは、要求であって要求ではない。欲望はとても素敵だ。それが皮膚の上のみを滑り落ちるものであるなら。彼らが私に欲望を感じるなら、私も彼らに同じ欲望を持って返す。それですべての帳尻があう。その後で、彼らがいったい何を私に求めるだろうか。肌は思惑など持ちはしないものだ。肌と心が共犯者同士にならない限りは。

　私が作家であることなど、この島ではお笑い草だ。彼らに必要なのは作り話やひとり言などより、暮して行くことなのだから。夕暮れ、浜辺に座り込んで魚を捕る老婆。彼女に本を読むことなど、いったい必要だろうか。波は、時には高くなる。鮫は時折人を噛む。人々は恐れるということを知っている。作り話を読むよりは神に祈ることの方を取るだろう。逆らわないということ。死にかけた犬は死なせてやるだろう。腐りかけた乞食は土に返してやるだろう。私は逆らい過ぎていたような気がする。ペンを持つということ自体が。そして、小説を書くだなんて。あの男を愛したということ。私は愛し方をまちがえた。何故足音をドアの前で待ったりしたのか。足音が鼓膜を震わせる。その時に初めて、その足音をいつくしめばよかったのだ。彼が快楽を終りにするのを一所懸命に引き延ばそうとしたこと。引き延ばした分だけ私は良い思いを味わっただろうか。そんなことはない。男を愛して、何故、それでも持てないペンを握ろうとしたのだろうか。私には黒魔術をかける呪術師の才能なんてありはしないのに。私は浜辺で魚を捕る老婆であるべきだ。夕闇でひとり網を引くあの幸福な老婆。

あの男に出会う前、私は確かにそうだった。私はこの島に住んでいた。そして、自由だった。私は憎しみというものを知らなかった。私は受け入れることが上手だった。男の皮膚を自分の皮膚だけで愛することが出来た。私の肌は感受性に富んでいた。お喋りをすることも出来た。言葉を使わずに。だから、言葉は書く時に溢れた。あの幸福な時代。私は幸福になることが必要だ。せき止めるということは罪だ。私はこれから唇を弛緩させることに時間を費して行くだろう。半開きの口に流れ込むものはきっと皆甘い。唾液はきっと絶え間なく流れてそれらと同化して行くだろう。私の舌は犬のように汗をかく。この島はとても暑いのだから。

私の瞳の中に自然と染み透る男の姿がある。たとえばイエ・プルに向かう道すがら。ウルワツの丘でワックスを塗りながらボードの手入れをしているサーファーたち。レギャンのロスメンの前でお金を数えている青年。私は、男が欲しいと思い、そういった男たちを選び取ろうとしている訳ではない。もし、そうであれば、私はそれらの男たちと他の男たちを必ず比較しなくてはならなかっただろう。何度も比べあげて選び取るというのは私の最も得意としていたことだったから。私は、徐々に何も考えないでいることへの技術を習得して行った。すると、ひとりでに私の種類の男たちは私の目の中に入り込んで来るようになる。私には胸のときめきも何もない。ただ、それらの男たちは煙草のけむりを吸い込む時と同じように私の胸の中にいつのまにかふわふわと漂い始めるのだ。

男たちは、視線というにはあまりにも漠然として沈み込んだ私の関心を受け止める。その男が決して驚いたりはしゃぎ過ぎたりしないことを私はあらかじめ知っている。私の瞳に染み込んで来る男たちとはそういう人間たちなのだ。彼らの瞳にも私の姿は染み込み始める。ある者は私を見詰めたまま、静かに汗をかく。ある者は、バニラの味のする煙草、グドンをゆったりとふかしたまま首を横にかしげる。そして、上目使いで私を見ながら道端に座り込んだまま串刺《サテ》しの臓物をむしゃむしゃと食べ続けている。私の白い絹のスカートは生暖かい風に揺らぐ。彼らはようやくまばたきをする。私は三秒間かけて彼らに微笑する。そして彼らも笑う。瞳から順番に。彼らは私が異邦人でないことを知っている。私が海のおいしいスープに成り得る女であることを知っている。

他人が見れば、バナナの畑に忍び込む程の危険なことを私はやってのける。つまり、時折はそういった男たちをそのままロスメンに連れ込んで私は彼らと寝台に横たわる。バナナの畑には高い塀がある。そして、その塀の上には粉々にされたガラス瓶が。私はもう破片の存在など気付いている。それをまたいで、バナナを手に入れる方法を知っている。あのねっとりとした南国のおいしいバナナ。

飽食の後で、私は何気ない顔をして島を歩きまわる。蒸留水《アクア》を瓶ごと飲みながら。生暖かい水は太股を伝う。白濁した水滴は時折、皮のサンダルの上に落ちて染みを作る。私は歩く。魔法のきのこを売る老人が私に声をかける。牛の糞の上に棲息する汚ならしいもの。観光客の愛する心の栄養。私にはまったく必要のない。私は無言で老人の前を通り過ぎる。

男たちは、まったく快楽を冷静に受け止める。少しの乱れた吐息だけ。彼らは快楽を当り前のように扱う。それはそれは毅然とした様子で。唾液の糸が私と男をつなげる。長い睫毛を伏せて男たちは私を見降す。私は右手を上に伸ばして彼らの頬に触れる。そして、眉をしかめて笑う。そして、男たちもそうする。私の肌の上には男たちがいる。ただの男たちが。欲望の果てではなく、愛情の終点でもない男たちが。私は彼らの上を歩く。夕暮れに何の当てもなく歩き続けるセミニャックの人々のように。彼らはただ歩いていた。夕暮れだから。彼らはただ笑っていた。日没が美しいから。

私が快楽を訴えると、「素敵だね」と、ある男は言った。本当はここが良いのだと手を導くと、「それは、もっと後にすべきだよ」と、ある男は囁いた。私はその最中にいつも涙ぐんでいる。瞳に張っている透明な膜。外の世界は霞んでいる。開いていて閉じている私の瞼。まるで、かえるのように。

私は時折、終った後にシャワーを浴びたいと思う。けれど、安ロスメンのバスルームにはお湯がない。しかたなく私は扇風機で汗を乾かしてそこを出る。一万ルピア。それが、その部屋に支払った金だ。私が乞食に投げてやったのと同じ額。見張り番の老婆は多分、多くを取り過ぎている。あの乞食へのお恵みと私たちの情事が同じ額だなんて。私は男にインドネシア語でさようならと言う。彼は、英語でバイと言う。私は数歩歩いて振り返って見る。男はポケットに手を入れて私を見ている。彼らは思いを残す素振りがとても上手だ。

私は脚の間にはさまっている異物の面影を反芻しながらホテルに戻る。乾いた汗の欠片をぽとぽとと落としながら。私は心配しない。きっと小鳥がついばんでしまうだろうから。ヘンゼルとグレーテルは私の後をついて来ることは出来ないのだ。

私はレセプションで部屋の鍵を受け取る。そして、仕事を終えたばかりのワヤンと出くわす。私は快楽に疲れた髪をかき上げて彼に挨拶をする。彼は何も知らずに歯を見せている。彼もまた私の瞳に染み透る。彼の笑顔は、少しばかり男と女の間の機微を知り過ぎているような気がするのだが。きっと、それは、私たちが早過ぎる時刻に顔を合わせるからに違いない。私たちが卵料理のことでしか会話しないのも無理はない。まだその時間に空気は暖まってはいないのだから。

そして、ある朝、私は目玉焼きやソーセージ以外のものを注文するために朝食のテーブルに着く。私は突然欲しくなったのだ。彼が。私が寝る運命にある男たちと、私は、ある時は寝て来た。そして、ある時は見詰め合っただけで終った。人差し指の背を濡れた唇に押し当てただけの時も。私が、寝る運命という言葉を使ったのは、何も本当に寝るということには限っていない。息を吹きかけるだけでいいこともある。あるいは、気怠い視線に溺れるというだけでも。

私はワヤンと別に寝なくても良かった。ただ彼が欲しいとその朝、感じたのだ。私は、朝だというのに赤い口紅をひいた。彼に私の欲望を感じ取らせるためではなく。ワヤンの指がコーヒーを入れるために触れる白い陶器の茶碗。その瞬間に赤い口紅の色が付着していたら、さぞかし良いだろうと思ったのだ。で、私はそうした。空の茶碗に唇を当てて、彼がコーヒーを注ぎに来るのを待った。コーヒーはとても黒い。白い茶碗の取手の上でワヤンの屈託のない浅黒い指は遊ぶ。彼は私のお遊びの刻印を認めて、まちがいかと一瞬、目を凝らす。そして、それが私の唇と同色なのに気付いて笑いを堪えて厚い唇をへの字に曲げる。

「バリの空気はおいしかったのですか、マダム」

彼は片目をつぶってそう言う。ええ、とても、と私は小さな声で答える。彼のこういう言葉。それは少し文明に犯され過ぎていると私は苛立つ。私は結局、他の料理を注文する手間をかけて、彼が再びテーブルに戻るのを待つはめになる。熱いコーヒーで口紅の油を抜きながら。私は、都会めいた悪戯をしてしまった自分に少し恥入る。

銀のフォークで卵をつぶしながら私は自分の中指をぼんやりと見る。かつてはそこにいつもインクの黒い染みを私は作っていた。今はそこに煙草だけをはさんでいる。そして、煙草は私の指を汚さない。それが、喜ばしいことなのかどうかは今の私には解らない。とにかく、今、指は言葉のために働こうとはしないのだ。ワヤンに私が本を書くのだと言ったら、彼は驚くだろうか。この人里離れた高級ホテルに、今となってはヤモリのように住み着いている若い女を彼は不思議に思っている筈だ。ぼんやりと朝食をとり、昼間の暑い時にどこかに出掛け、夕方に疲れた足取りで部屋に戻って来る私を不思議に思っている筈だ。私は、ここに滞在しているヨーロッパの金持たちのようにプールサイドでココナツ味の酒など、飲んだりしないのだから。

私は楽をしたいと思っている。それは、もしかしたら、また小説を書きたいと思っていることを表しているのかもしれない。私は、苦悩の中から物語を見出すあのご苦労な人々とは違っているのだから。私の指は役目を失くした怠惰な日常をものにすることで初めて白い紙の上で動き出すことが出来るのだ。私は、あの男を愛したようにペンを持とうとしたから失敗をしでかしたのだ。浜辺で網を引く老婆を見つけたのは上出来だ。収穫をごく当り前のように砂に差し込んだバケツに落としていたあの老婆。私の物語はそうして生まれるべきだったのだ。

ワヤンという名前を私は彼のシャツのネームタグで覚えた。この島に数多くばらまかれている記号のような名前。私は沢山のワヤンを知っている。沢山のワヤンに触れたことがある。けれどその名前はひとつだけなのだ。私はワヤンの肌を知っている。この一つの文で私は数多くの秘め事を心に持つことが出来るのだ。物語などいらない。私は彼に自分は本を書いていると言っても良いかもしれない。そのこともまた私に多くの秘密を所有させることになるのだから。その思いつきは私を楽しくさせる。何を書く気もない作家は、男が欲しい訳でもないのに、淫蕩な女に似ている。

目の前の皿は空になる。そして、コーヒーも。ワヤンが私の所にポットを持ってやって来る。私は彼の足許に麻のナプキンを落とした。彼はうろたえることなくそれを拾い私の膝の上に置き直した。

「白い手袋でなくて良かったな。決闘を申し込まれたりしたら、僕は職を失ってしまうもの」

「投げた訳じゃないのよ」

彼は笑って私のコーヒー茶碗を満たした。やはり、同じ手。同じ指たちの作る無頓着な影。私は自分の皮膚の上に、この影絵を映したいと感じる。

「他にお入り用のものは？　マダム」

彼は茶目っ気たっぷりにそう言う。だから、私も、そんなふうに言葉を返す。

「ガラムが欲しいわ。それから、あなたも」

彼は、その時、とりわけ澄ましたボーイの顔を作るべく片方の眉を上げて、ポケットから丁子煙草を出して私の方に一本差し出す。私は、それを彼の指から直接、唇で受け取る。彼はライターの火をそれに近付けながら、他のウェイターたちに聞き取れない声で囁く。

「後のものは海辺で差し上げることになりますが」


木立ちの隙間で、月は切り抜かれた金色の紙。砂は逆らわないのにそこに生える草は私の背中を刺したがる。波は木々の向こうで生きている。私は横たわったまま放心している。やっと給仕された私の夕食。降り注ぐ星が層を成す彼の裸の背。私の髪は砂に流されて風紋を作る。終ったばかりの吐息の時間。漁師が砂を踏む音は鉄道員が雪を踏む音に似ている。音の主が見えない。けれど、証拠としての足跡はひとつひとつ残されて行く。何故、私はこんな時に冷たい雪を思い出すのか。情事の後の砂は時折、雪に似てはかない。銀色。冷たい。熱い。そして溶ける。物を知らない犬は息を切らして走り、私の快楽に濡れた目を見つけて慌てて逃げて行く。彼は何も言わずに私を見降しながら自分の体を起こす。砂は湿った唇から落ちて私の頬に積もる。私の足の間からそこに移動した砂。私たちは口をきかない。彼は手さぐりで上着のポケットからこぼれた煙草を拾う。そして、唇にはさみ、火を点ける。火は闇の中で時々、赤い。私は彼の口から吐き出されたけむりを吸う。けむりは溜息を抱きしめて、そして、甘い。彼は静かだった。そして、私はそれを好ましく思う。私を裏切らなかった香ばしい腰。彼もまた私を目の前の食べ物を食べるように抱いた。私は喉越しの良いワインを啜るような調子で彼の汗を口に流した。これまでと同じ種類の、しかし、明らかに独立した快楽。違うのは彼が私と同じ種類の言葉を持っているということだけだ。そして、二人が再びこうするであろうという確信を持っているというだけだ。けれど言葉は使われなかった。この熱い砂の寝台は決して朝食のテーブルではなかったのだから。

私は穏やかに行き来する彼の肌の下でとても心地良かった。彼が私を強い悦楽に導くたびに彼の肩の上で月は欠けた。満月。今夜は海岸のクラブが朝まで開く。人々は踊り明かすだろう。朝まで。そして、私たちは一晩じゅう火をたくだろう。互いの肌をこすり合わせて。

「ねえ、知ってた？」

私は初めて声を組み合わせる。何を？　という問いかけの目で彼は私に視線を送る。二つの瞳は月を照らしてせつない。

「私たちが愛し合っている間じゅう、誰かがじっと見ていたの」

「知らないよ。僕は何も見ていなかったもの」

「見てたのよ」

それは見守っていたというべきかもしれない。私たちを覆い隠していた木々の外で静かに腰を降していた少年。私はワヤンの肩越しに色々なものが存在しているのを知っていたのだ。月や星や闇や少年。彼は私の宙で踊る足や男の肌にめり込ませた赤い爪たちを咎《とが》めることなしに静かに見ていた。

「犬じゃないの？」

そうじゃない。犬は私たちの吐息に怖気付いて逃げ出す程に臆病だ。私は、あの少年をどこかで見たことがある。でも、どこで？

ワヤンは私の体を抱き起こして体についた砂を払う。そして、彼の上着を私にかけて労《いたわ》る。私は彼のなすがままにまかせている。あの少年。彼はいつのまに去ったのだろう。彼は確かに私たちを見ていた。私はワヤンに立たされながらよろめく。つかんだ木の枝は折れて足許に落ちる。彼は砂に埋まった私のサンダルを掘り起こす。私は下着を彼のポケットに押し込んで一枚の布のような衣服を頭からかぶる。彼は私を抱きしめる。私は彼の厚い胸に頰を寄せる。目は闇に慣れ切って、私は彼の産毛の一本一本を数えることすら出来る。私はあなたが好き。私は彼に言う。海の水は満ちて来て、いつのまにか、波は私たちに寄せる。もう、行かなきゃ。彼が言う。私は頷きながら彼に、もう少し、と言って腕に抱かれたままでいる。彼もまた、私を抱きとめるやさしい安楽椅子なのだ。

林を抜ける間に、私は何度椰子の実の落ちる音を聞いただろう。私は少し怯える。彼は、私の手を引いて歩く。大きな椰子の実は昼間のような思いやりを持たずにばさりと音を立てて容赦なく私たちの行く道を塞ぐ。草の上にはいくつもの竹で編んだ小さな囲いがある。これはなあに、と私は触れる。墓だよ。そう彼は笑う。焼かれるのを順番に待っているのさ。恐いわ。恐くないよ、大人しいもの。私は立ちすくむ。土は盛り上がり生きている。そして、死人たちはその下で静かに焼かれる時を待っている。土はおいしいだろうか。雨水は甘いだろうか。彼らはもう一度死ぬために待っている。波の音を聞きながら。枯れたハイビスカスの匂いを嗅ぎながら。ああ、死とはこういうものなのだ。それは、この島で生きて行くこととどれ程似ていることだろう。私は、もう、死には誘惑されはしないだろう。それは私が時の上に横たわり、見えない目を見開いて甘い蜜を味わって行くことと変わりないことなのだ。休息している死人たち。そして、休息している私。死ぬのを待ちながら生きているすべてのもの。私は笑う。そして、ワヤンも笑う。土にはえくぼが出来上がる。火葬《クリメイション》のその日まで。

ああ。私は思い出す。あの少年。私たちの情事を盗み見ていた少年。私はやはり彼の物静かな瞳を覚えている。私が嫌悪という感情に振りまわされていた時、私を追いかけて来た少年。彼はきっとそういう意志を持って、私を追いかけて来たわけではなかったのだ。彼は私の影を踏みながら遊んでいただけかもしれなかったのに。ホテルの玄関で心ない守衛にぶたれた少年。彼は泣いてはいなかったけれども。あれはあの時の少年だ。何故、彼は知っているのだろう。私が安心を手にする瞬間を。私が、忘れ去ることへの切符を切るその時を。彼はあの時、石垣に寄りかかって私が車から降りて走り出す一部始終を見ていた。そして、今度は木立ちの間から夜の空気を揺らすことすらせずに見ていた。私が男の重みに押されて砂の中に埋葬されて行くのを。彼は見ていた。

「乗って」

私はワヤンの腰に腕を巻きつけてオートバイにまたがる。細い、けれども頑強な腰。それは先程までばねのように私を弾いていた。私は関節を外したようにぐにゃりとして彼の背に寄りかかる。背中、彼の背中。ヘルメットを押し上げて私は彼の首筋に口を付ける。彼はくくくと笑い、後ろに片手をまわしてまだ湿っている、そしてこれからもっと湿り始めるであろう私の脚の間を指でくすぐる。左手でいいの？　と私は言って見る。僕の手は汚れてないもの。彼は背徳的なヒンズー教徒。私は目を閉じて彼の左手を許してあげる。右手よりおぼつかなくて、左手はずっと正直だ。そして、私の体はそのあどけなさをいとおしむ。

彼がオートバイを止めたのは橋を渡ったあたりだ。川が丁度、海に流れ込む、その上の丘。大きなコテージがそこにある。

「ここ、あなたの家？」

いや、違う、と彼は答える。知り合いが住んでいるのさ。彼は戸を叩いて何かを叫ぶ。住人はもう寝てしまったらしい。灯りのない家。川は波によって押し戻され大きな音をたてる。周囲には、まったく他の家がない。ここでひとりきりで夜を過ごすのには勇気がいるだろう。波のざわめきは、あまりにお喋りで私を過去に引き戻す。私は周囲を見まわした。星が手の届く場所にある。木の葉は闇に紛れて遠くにある。

壁には古びたサーフボードが何枚も立てかけてある。あなたの友達、サーフィンをやるの？　私は尋ねる。そうだよ。仕事しているの？　いや。オーストラリア人のスポンサーがサーフィンだけを彼にやらせてるのさ。何のために？　知らない。波乗りをする彼らを見ていたいんだろう？

戸がゆるゆると横に開いて陽に灼けた青年が顔を出す。ワヤンがバリ語で何かを言う。青年は私の顔を見てにやりと笑い、こんにちは、と英語で言う。私は、ばつの悪い表情を作って、起こしてごめんなさいと言う。彼は一度、部屋の中に戻って服を着て出て来る。彼は、少しも嫌な顔をせずに、どうぞごゆっくりと言って笑う。もうひとり中にいるから、少し待って、とワヤンが言う。私は、ますます、ばつの悪い思いをする。男と抱き合うために、私は二人の人間を居心地の良い眠りから追い出すのだ。ワヤンは意に介さない様子で、ここは電気が通っていないから足許に気をつけて、などと言う。その呑気さに私は少しあきれている。やがて、もうひとりが目をこすりながら起き出して来る。私はその顔を見て息を呑む。

「さっきのやつが、僕の友だちでユージン、こいつが弟のトニ。もちろん本当の名前じゃないぜ。オーストラリアの金持がつけた名前さ。オージーのホモ野郎がね」

少年は微笑している。つい、さっきまで、私の高々と上げた足と木の枝をはっきりと見わけていた少年が。

この子よ、ワヤン。さっき私が言ったのは。

「ねえ、あなたよね。あなたが私を見ていたのよね」

私は叫ぶ。訳の解らない必要に迫られて。少年は首をかしげて私を見ているだけだ。私の快楽を盗み見ていた時とはうって変わって、幼ない様子で。

無駄だよ。ワヤンは私の肩に手を置いて言う。彼には英語が解らないから。私は、困ったように振り返る。目の前の成熟した肉体と、幼ない表情を合わせ持つ少年と、私は関わりを持ちたいと思っている。肉体とはまったく、別なところで。

何故なら、私は彼がこの島とまったく同じ目つきで私を見守った瞬間を知っているから。毒を抜かれて恍惚とした私の証人に成り得ることを知っているから。

「英語が解らないという以前に、彼は耳が聞こえないんだ。だから、話すことも出来ないんだよ」


私はワヤンに抱かれ続けた。夜が明けるまで。彼は私を胸や腕や肩で抱く。そして、私は彼を溜息や叫びや快楽を訴える表情で抱く。私は男をそうして抱くのが好きだ。私の体は、とても饒舌になる。シーツから浮き上がった腰。彼の髪を梳《す》く指。汗で毛の数本を引き止めて置くうなじなど。

私たちは、時には笑いながらお互いの体を貪ることもした。笑い声は吐息に変わる。私はその時、いつも少しばかり当惑する。快楽に身をまかせてしまういい加減さが静止する時。私の呼吸はほんのひと時止まる。そして、真摯になる。溺死する寸前の不安から生まれるもがきとそこから始まる快楽はいつも隣り合わせだ。ベッドに溜まった砂は私の肌を愛撫する。私たちの運んで来たものなのか、この二人の住人たちが落としていったものか、私には解らない。ろうそくの灯りは風もないのに揺れる。吹き抜けの高い天井にはワヤンの影が大きく映り私の体に覆い被さる。この部屋に足を踏み入れ、所在な気《げ》に大きな籐の椅子に腰をかけてぼんやりと目が慣れるのを待っていた私。ワヤンは、その時、外でユージンと話していた。私は、この部屋の豪華な造りに驚いていた。波のざわめきは、いつのまにか私の心臓と重なる。情事はあまりにも静かに始められるだろう。

そんな闖入《ちんにゅう》者の私を心から歓迎しているような様子で、トニはろうそくを一本テーブルに立てて火を灯《とも》した。彼は私とワヤンがこれからどんなことをしようとしているのかすべて理解しているようだった。彼の瞳に好奇な色はまったくなかった。裸足の少年は、ろうそくの向こうで静かに微笑して私を許している。彼の視線はあまりにもしみじみと私に浸透して来て、私をたじろがせる。私に出来ることといったら、一本の煙草に火を点けることだけだ。私はガラムをくわえてろうそくの火に顔を寄せる。するとトニも同じように顔を寄せる。彼は火をはさんで私の顔を間近に見る。私が好きなの、と私は聞いてみる。煙草のけむりと私の息で火は揺れて、彼はけむたそうな表情をして笑う。彼には何も聞こえていないのだ。私は彼を少し憐れに思う。けれど、この部屋で耳は必要だろうか。音はないのだ。波の音、風の音、椰子の葉の掠《かす》れ声。すべては静寂に同化している。沈黙は私の心に聖書を広げる。私はこの島に来る前に垢のように耳の奥にこびりついていたあの毒々しい音たちでさえ許そうという気持になる。

私はトニの髪に触れる。潮水で色の抜け落ちた髪の束。彼は私を拒もうとしない。私はそれをいいことに彼の髪を弄ぶ。彼は目を細めてテーブルの上にうつぶせる。さらさらと髪は灯りの下で流れる。時が止まる。私は何も考えない。彼が私の情事を盗み見ていたことも、彼の眠りを妨げてしまった自分の過ちも忘れている。私の記憶は喪失する。私は自分がペンを持つ人間であることも、男を愛して陳腐な失敗をしたことも忘れている。そして、自分が何故、この場所に来ているのかも思い出せない。ただ、目の前には陽に灼けた少年がいて、すべてを投げ出している。私は今、音や言葉や男に対する欲望をすべてあきらめている。そして、あきらめるということはなんと心地良いことだろうと思う。私は、こうしたままで一生を終えてしまうのではないかと錯覚していた。ワヤンがここに戻って来るまでは。

ワヤンの声で我に返った時、私はもう数時間が過ぎたものだと思っていた。しかし、目の前のろうそくは数滴の雫をたらしていただけだった。ワヤンが入って来ると同時にトニは立ち上がり部屋を出て行こうとした。すれ違いざまにワヤンは彼の頭をくしゃくしゃと撫でた。それは私がしたのとは、まったく別の意味を持ち、トニの髪は日常に乱されていた。私は、ようやく自分がここにいる意味を思い出した。

「彼らはどこに行ったの？」

「外」

「そんなの解ってるわ。どこか、他に家があるの？」

「ないよ。外で待ってるのさ」

「……いいの？」

「どうして？」

私は、あきれて黙った。

「気にすることないよ。今晩は晴れているし」

「そういう問題じゃあないわ」

解らないなあ、というようにワヤンは肩をすくめた。僕たちの方が、この部屋に適してるよ。砂浜は潮が満ちているし、草むらには毒を持った蛇がいるし、愛し合うのには今の時間はここが一番ロマンティックさ。私は吹き出した。優位な快楽が優先されるということかしら。そして、男と抱き合うことは眠ることよりも優位に立っている。眠って見る夢は決して自分の思い通りにはならないのだから。

快楽の順序をわきまえている子供たちは、私が甘い声を上げ続ける間じゅう、降り注ぐ星をブランケットにして休息していた。トニには私のこのふしだらな悲鳴が聞こえないのだと思うと私はワヤンの体を楽しむことに没頭出来た。時折、ユージンのせき払いが聞こえて、私たちをおおいに笑わせた。

私はひとりで街をふらつくことを止めた。あの丁子やドリアンの匂いのたちこめる路地裏を歩くこと。そこで私に染み込む男たちの視線。それらは私に何の影響も与えなかった。もちろん私にはそれが好ましかったのだが、もうそれらに囲まれて彷徨する必要はなかった。私の側にはワヤンがいた。私は足に靴ずれを作りながら歩くことをしなくてもよかった。彼は私の一番近いところにいた。そして、私に何も求めなかった。私に何の期待もしなかった。つまるところ、彼はかつて私がロスメンに連れ込んだ男たちと同じなのだった。男たち。私の濡れた唇が目の前にあるから吸い寄せられてキスをする男たち。私のスカートの裾が乱れるから手をさしのべようとする男たち。彼らは皆、思いやりに満ちていて指たちは微熱で熱かった。そして、それらは皆、同じ温度を持っていた。シーツを同じように暖めていた。

ワヤンは私と関係を持って以来、寡黙な給仕になった。あの楽しい軽口を彼は朝食の時に使うことはもうなかった。他のテーブルでは相変わらず英語の上手な気のきいたウェイターであったのだが。彼は私にコーヒーをサーブしながら、淡々と、そして私にだけ解る背徳的なまなざしを送った。それは確かに熱いものであったが、空気自体がとても熱い外の食堂では少しも目立たなかった。欲望はこの島ではいつも空気の中に溶け落ちる。

ルームサービスのトレイを抱えて、彼は私の部屋を訪れる。私はポーチに立つ彼の気配をすぐに嗅ぎ取りカーテンを開く。彼は私の好きな酒をトレイに載せて普通の様子で立っている。私はガラス越しに彼を見る。時には絹のシュミーズ一枚で。そして、時には黒のドレスを着て。私は顎で合図をしてベッドに腰かけ彼を待つ。彼は少し周囲をうかがいながら部屋のドアを開ける。鍵のかからない私たちのためのガラスのドア。彼はトレイをベッドサイドに置き私を見降す。そして酒のグラスに浮かぶ南国の花を私の耳に挿す。満足したように私を見て頷きながら、「かわいいな《チャンティック》」と呟く彼。私は彼が耳飾りを外してくれるのを待つ。彼はゆっくりと宝石を傷つけないように耳飾りを大理石のテーブルに置く。靴をはいている時はそれらをひざまずいて脱がせる。私は彼がそうする間、彼の耳朶を噛む。ピアスのための穴が開いた左耳はとても良い舌触りがするために、私の舌の裏側からは沢山の唾液が湧いて来る。あなたが好き、と私は言って見る。彼は私を見上げて、微笑する。彼は、きっと思い出している。今朝の朝食で私が卵の黄身を唇にしたたらせていたのを。手づかみで食べていたベーコンの油が、私の爪に磨きをかけたことを。

彼は同じだ。そして、近くにいる。私は苦労することがない。それに彼は私の体を学びつつある。私は通りがかりの彼の姿、たとえばプールサイドの白人女にジンを運びながらお世辞を言う彼を見ただけで、彼の引き摺る私の与えた快楽の名残りに気付くことが出来る。彼の脚の間にある愛すべきものは私の体によって、よく揉みしだかれている。私はこなれて、馴染んだ男の体を共犯者を見るような目で見る。私たちは、同じシーツの間で同じように欲望を流すことを知っているのだ。

トニは十五を過ぎたばかりだという。耳が不自由であるけれど、バリニーズの話すことはすべて唇で読み取ることが出来る。彼は波乗りが好きだ。それを本業としている（?）ユージンでさえも驚くような高い波に平気で向かって行くという。

私が外の食堂にいると、彼らは海岸で手を振って見せる。私はナプキンを置いて砂浜に出て行く。彼らはいつもボードを抱えて笑っている。ユージンはとても美しい。そして、私の好きな何かを諦めたような表情を浮かべている。彼をあの豪華なコテージに住まわせているのは一体どんな男なのだろう。彼はとても趣味が良いように思える。彼はきっとこの美しい青年がデンパサールの市場やクタの猥雑《わいざつ》さに似合わないことを知っているのだ。彼は一日じゅう海岸にいるので、とても陽に灼けている。そして、このチョコレートのような体は潮水に消毒され完璧に美しくなる。年に数度だけ訪れる白人男は、彼の一番おいしいところだけを堪能して行くのだろう。私には理解出来る。この宝石のような青年は海だけに閉じ込めて置かれるべきだ。ユージンのオーストラリア訛《なま》りの英語を聞くたびに私は少しせつなくなる。彼は英語とはこういう話し方をするものだと思っているのだ。彼は既に自分の恋人のための習慣を持っている。

時々トニはひとりきりで食堂の前の砂浜で私を見ている。ユージンと一緒の時のように笑って手を振ったりなどしない。彼は石垣の向こう側に広がる優雅な別世界に目を向けて私の姿を捜している。彼は確かに私のことを好いている。何故だろうと私は不思議になる。彼は多分まだ性愛を知らないだろうに。子供になつかれるには私は優しくなさ過ぎる。そして、不道徳だ。私のような種類の女のこうした匂いを嫌悪感なしに受け止めるのには、雄としての年齢を重ねて行くことが必要だと私は思うのだが。

私は食事をしながら砂浜に座るトニを見る。彼は何もせずに私を見ている。あいつ、余程、君のことが気に入ったんだなと、白ワインを運んで来たワヤンが言う。何故だと思う？　と、私は聞く。恋してるんじゃないの。私は笑う。彼は大人じゃないわ。子供でもないよ、とワヤンは言う。

恋という言葉が私は嫌いだ。それは熱情を連想させる。そして、私の内部のものを壊したあの男を。初めて私に人を追いかけさせた、そして、泣き叫ばせたあの男のことを。私は彼を殺してしまいたいと思ったことすらある。その弾みが私の手に来た時、私は震える程の恐怖を味わった。私は人殺しに向いていない。自分が殺されることは受け入れられるだろうけれども。人を殺すことは、自分が生きていることを確認することだ。あるいは殺したいと思うことは。私は、あの時、自分の心の中で嫌悪と愛情が口づけをかわしながら踊るのをはっきりと見た。そして、それは執着。執着という形で生きのびるのだ。私は、あの時、とても生きていた。望んで生きるということは諦めを知らないということだ。可哀想に。私は今、あの時の自分に心から同情することが出来る。

私はワインのグラスを手にして海岸に降りて行く。観光客のいない砂浜には、あの煩わしい物売りの女たちもいない。犬が舌をたらして通り過ぎるだけだ。そして、彼らは私にまったく関心を示さない。

トニは隣りに腰を降した私を満足そうに見た。風は思ったより強くて私の髪を乱れさす。私は髪を額の上で押さえながらワイングラスを口にする。トニは、そんな私を砂を弄びながら見詰めている。私は、自分が十五の頃には、もうお酒は愛すべきものになっていたと思い出し、彼にグラスを差し出した。彼は、少し驚いたように首を横に振り、グラスの縁に盛り上がる赤い口紅だけをすくい取って舐めた。当り前のようにやってのけるその仕草に私は少しどぎまぎしながら、ワインを飲み続けた。太陽は真上にあり、ここには日除けの椰子がない。暑さに耐え兼ねたのかトニは海の中に入って行く。彼の後ろ姿をぼんやりとながめながら風に運ばれた砂によって私は埋葬されて行く。トニの姿は高い波に隠れて見えなくなる。私は思わず目を見開くが波の上で反射する陽ざしに目を痛めてあたりは暗くなる。波と波はぶつかり合い大きな音を立てる。あの少年はこの音を知らない。生まれた時から、自分を取り巻くこの島の音楽を知らない。だから恐くないのだ。あの高い波に体を滑り込ませることが出来るのだ。音。それがない世界はいったいどうだろう。恐いものがひとつ減る。私の耳がもし彼のように何も聴こえなかったらきっと、音を知らない絵巻物のような小説を書き綴ることが出来るかもしれない。水のようにあの男を愛することが出来たかもしれない。人間にはたして五つの感覚は必要だろうか。とりわけ、私のように絶望のとりこになった女に。

トニは波の間から首を出して心配そうな私に手を振った。そして砂浜に向かって歩いて来て、膝までの深さの場所で波と戯れ始めた。彼は時折横になって目を閉じる。波に抱かれて微笑する。私は彼を羨しく思いながら相変わらず砂に埋もれている。彼は水の中で何かを見つけたらしくて起き上がって手招きをする。私は片手でスカートをたくし上げ、片手でワインのグラスを持ったまま、サンダルを脱ぎ捨てておそるおそる海に入る。泡が私の足に当って空気になる。遠くの方から飛んでくる飛沫は私の頬に雨を降らせる。トニは嬉しそうに私の側に駆け寄って来る。手には何かをつかんでいる。私が、なあに、と覗き込むと、彼はそれを私の鼻先に勢い良く差し出して握っていた手を開いた。蟹《かに》のはさみが目の前でゆったり動くのを見た瞬間、私は驚いてワインのグラスを放り投げた。クリスタルのグラスは、きらきらと輝きながら海のものになる。ワインは金色の雨になり私とトニの上に降って来る。トニは少し困ったような顔をして、はさみが動かないような持ち方で罪な蟹を両手でつかんでいる。私は頰を膨ませて怒った振りをして、トニの頭をこづこうとする。彼は白い歯を見せながら、蟹をつかんだまま砂浜の方に逃げ出す。私は彼を追いかけて濡れた砂に足を取られて転ぶ。私はそのまま、そこに横たわる。濡れた砂は私の休息を邪魔しない。かすかに打ち寄せる波は薄い布のように私を包む。ワインの酔いは私の息を甘くさせ、体を怠くさせる。波打ち際に倒れている私に気付いてトニは駆け寄って来る。そして、私が心地良さそうに薄目を開いているのを認めて安心したように蟹を砂の上に逃がす。自由になった蟹は横歩きをして私たちから去って行こうとする。私は、自分が人間であることを忘れて蟹を撫でた。そして、人差し指をはさまれて悲鳴を上げる。

蟹は私から離れない。私は手を振って蟹を自分の指から引き離そうとする。トニは驚いて私の手首をつかみ、動かないようにさせる。それと同時に蟹ははさみを開いて私の指から落ちた。私の指から血が噴き出す。呆然とそれを見詰めている私に比べ、トニは素早く私の指を海水で洗い自分の口にくわえる。そして吸う。とても強く。彼は私の血を自分の唾液とともに吐き出す。そして、また吸う。私は横たわったまま、彼のすることを怠惰に見ている。そして、遠くに目を移す。私の目は砂と同じ位置にある。濡れた海岸は私の視界を広げる。それにもかかわらず、私は自分の唇の前に無造作に置かれたトニの踝《くるぶし》の後ろが眩しすぎて見えない。

僕の生まれたクロボカン村を散歩しようと、ワヤンは提案した。私たちは、ゲストと従業員のけしからぬ関係が支配人に知れる煩わしさを避けるためにホテルから離れた寺院の陰で待ち合わせた。水田の真ん中でタクシーを降りる私に運転手は不審そうな顔をしたが、多めのチップを受け取ると、私の行き先を詮索するのを止めて「外国人は解らない」と呟いてそのまま去って行った。

私は寺院の塀に寄りかかりワヤンと口づけをかわす。人気《ひとけ》のない場所で私たちが目を合わせると彼の瞳は私に向かって溶けて来る。私は彼の唇を吸り込みながら、落ち着いてそれを味わう。それは酒のように芳醇《ほうじゅん》ではなく、水のように乾きを癒すわけでもない。口に侵入する熱帯の果実。あの甘い汁をたらすだけの。私は自分の喉に届くものをすべて受け入れる。けれど、時には私の力の脱けた唇は彼の口づけをこぼしてしまうこともある。そんな時だけ、彼は少し意欲を持ち私の顎を片手でつかみ上を向かせる。決して押しつけがましくないやり方で。彼は私の心を、そして体すらも強姦しない。だから、私は彼といる。彼は波よりも静かだし、太陽よりも柔らかだ。それになにより私に具体的な快楽を与えるとても物覚えのよい器官を持っている。そして、品の良い言葉を。必要のない、だからこそ、美しい音楽のように私の耳を濡らす言葉を。彼はひかえ目な冗談も好きだ。私をくすぐる甘い冗談。私の指が生み出す心の吐瀉物とはまったく無縁の舌をくるむオブラート。それは、ねじ式の缶切りや巻きのいらない時計のように日常を便利にさせる。

年老いた美しい女性はイブと呼ばれている。クロボカンにひとつだけある雑貨屋の主人だ。ワヤンは彼女と恋人同士のように話す。腰布《サルン》を巻いた細い腰は目を見張る程魅力的で、とても男を受け入れなくなった年齢とは思えない。ワヤンが彼女と話し込んでいる間じゅう、私は向かいの茶店《ワルン》をぼんやり見ていた。

子供たちは遠巻きに私を見て囁き合っている。そして、笑う。どうして笑うのかしら、と私はワヤンに尋ねる。僕たちの関係が解るからだろう。それがおかしいの？　幸福なことじゃない、とワヤンは言う。ああ、そうだ。幸福な時には笑うのだっけ、と私は思い出す。幸福な時には笑う。そして不幸な時には泣く。彼らは決して感情の無駄使いをしないのだ。あの安ロスメンで私を抱いた男たちを思い出す。彼らは私を抱いても幸福ではなかっただろう。そして、私もそうではなかった。ワヤンは？　時々、彼は笑う。私も彼といて時々は笑う。そして、今、彼はイブと一緒に笑い合っている。

少女たちは、私の側にやって来てしゃがみ込む。こんにちは《セラマシアン》、と私が声をかけると嬉しそうに私の手を取ってしげしげと爪を見る。私の赤い爪と指輪が羨しくてたまらないという感じで、それに頬ずりをする。私の爪はとても意図的にみがいてある。彼女たちはそれが何に使われるかを知らない。シーツをつかみ過ぎて、欠けて枕の下に置きざりにされる程、はかないものだということも知らない。ただ宝石を見るように感嘆の声を上げている。彼女たちの無垢な瞳はジャワから来ているデンパサールの売春婦たちとは、まったく関係がない。そして、バナナ泥棒のように男を手折る私のような女とも。私はほんの少し泣きそうになる。どうしたの？　とワヤンは聞く。私は怒ったような表情で、不幸なのと言って拗《す》ねる。彼は困った顔をする。どうして？　君の国にはエレクトロニクスがあるじゃない、とおかしな慰め方をする。

イブは、そんな私を見て何枚ものバティク染めの布を広げる。紫や金の高貴な色が私のまわりで川を作り、私の口をきけなくさせる。私は顔を上気させながら、それらを手に取って見る。女たち、あるいは男たちの細い腰を締める美しい布たち。私は溜息をつく。それは儀式のためのやつだよ、とワヤンが言う。神々と祖先のための儀式。神は人間の腰に覆いをかけ、その下から滲むぬくもりは金糸となって布目を走る。

海には魔物が住むという。日が落ちると海には人がいなくなる。私たちはその時、いったい何をしていただろう。悪霊に見守られながら、私たちはお互いの体を貪っていた。何も考えずに、愛し合うことすらせずにお互いの肌を抱き締めていた。体液の糸を交錯させていた。執着というものの存在しない情事。苦しまず、そして誰をも苦しめない。私たちはあの時、街角をうろつく悲しい目をした犬だった。そして、犬は悲しみというものを理解しない。神々は人間の悪事は許さなくても、犬の犯すまちがいは許すだろう。そして、海に棲む悪霊は私たちが人間であると気付いて、にんまりと笑うだろう。私たちは悪霊を味方につけた。何故なら、私たちはお互いのために涙を流さないから。お互いの心をつかむために体を使ったりなどしないから。

トニ。彼は少しも驚いたりはしなかった。海を背にして私たちを見ていただけだ。私たちのすることを牛が田を耕すのを見るように見ていただけだ。彼はきっと生まれた時から、そうしてものを見て来たのだろう。彼は悪霊に慣れ親しんでいる。だから悪事を知らない。そして良い事も。けれども、彼はいつも見ている。波打ち際で体を絡めるふとどきな恋人たちや馬鹿馬鹿しいいさかいを起こす大人たちを、ただ見ている。何故、そうするのだろう、解らない、けれど彼らはそうしている。きっと彼は水のような瞳で大人たちのくり広げる瞬間の劇をそんなふうに感じながら見ている。それは時折彼を微笑させ、そして困らせたりもする。けれど彼が心を波立たせることはない。すべては彼の目のはしを通り過ぎて行く影絵芝居《ワヤンクリ》なのだ。

「イブが君に服を脱げと言っているよ」

ワヤンの声で私は我に返る。イブは穏やかな目をしてサルンを私の体に合わせる。茶色の野性的なバティク。そして、深い緑色をした帯。イブは私を奥の部屋にいざなう。私は彼女に手を引かれるまま、古びたミシンの置かれたひと部屋に足を踏み入れる。そして床に広がるバティク染めの布たちに口もきけないでいる。そこは色の洪水だった。それは決して極彩色でなく、華やかな色でありながら憂鬱をおもてに浮かべている。イブは呆然と立ちすくんでいる私のシャツのボタンをはずし、スカートのジッパーを降した。私はショーツ一枚で裸の胸を抱えて薄暗い部屋でじっとしている。イブは自分の選んで来た布を私の腰に巻き始める。私の前にかがんだ彼女の首筋からは良い匂いがする。私はそこに手を触れすくい取るようにして香りを自分の鼻に持って行く。イブは私を見上げて笑う。そして、腰にきつく巻いた布の先を結ぶと、戸棚からブリキの缶を出して来た。蓋《ふた》を開けるとそこには乳色の練り香水が沈んでいた。彼女は私に笑って何かを言うが、私は理解出来ずにただ微笑む。彼女は頷いて、練り香水を指ですくい私の首筋にそれをのばして行く。私は彼女の指がゆったりと自分の喉許に移動して行くのを目を閉じたまま感じている。窓辺の簾《すだれ》は風鈴のように音を立てる。また時間は止まった、と私は思う。バリ島の人々は誰でも時を止めることが出来る。甘い匂い、そしてかすかな風。それは、とても容易《たやす》いことなのだ。

目を開けるとイブはいつのまにか私に透かし模様の入ったブラウスを着せている。その上から帯をしめようとする時、彼女は思いついたように練り香水の缶の置いてあった戸棚をもう一度探る。そして再び小さな缶を出して私に見せる。その中には紅。イブは笑う。そういえば、待ち合わせた時の口づけで、私の口紅はすっかりワヤンに舐め尽くされている筈だ。私は自分の唇を指で触れる。乾いた口紅の名残り。そして、湿ったキスの面影。私も彼女と一緒に笑う。二人の女の忍び笑いが薄暗い部屋に広がる。軒下に吊された止まり木の上の鸚鵡《おうむ》も私たちとともに笑う。

イブは小指で紅をすくうと、それで私の唇を染めた。そして、その残りで私の両の乳首を。それらは彼女の指に押されて固く盛り上がる。私は驚いて小さな声を上げる。イブは何もかも知っている、というふうに私を見てボタンのないブラウスの胸許を重ね合わせる。そして、ピンで止める。帯を締められた私は彼女の肩を抱いて、ありがとうと言う。快楽に寛容な人たち。私は心から感謝する。自分自身は決して快楽を弄んだりしないというのに。彼女は私に何かを託しているように見える。そういえば、バリの女たちには皆そういうところがある。四万ルピアで体を売るジャワの娼婦のようなところがない。

私は彼女たちが好きだ。私を許してくれるから。私の爪を。私の唇を。そして私の乳首を。イブは私をながめまわして、さあ行きなさいという仕草をする。私は振り返った肩越しに彼女を見る。彼女は私の背骨のくぼみを押して私をせかす。気怠い快楽の中に足を踏み入れさせたいかのように。

バリの女のような出で立ちをして照れている私を見て、少女たちはくすくすと笑った。サルンを巻いた私は、まるで纏足《てんそく》をされた中国の娼婦のようにぎこちない歩き方をせざるを得ない。私はもうどんな男からも逃げ出したりはしないだろう。サルンの下には淫靡な洞窟がある。そして、私は真っすぐに歩けない。もしも、私を押し倒す男がいたら、私は何もせずに腰の結び目を解かれるのを待つだろう。バリの衣装をつけたバリ人ではない私は祭壇に祭られた生け贄《いにえ》。私はもう男を追いかけることはしないだろう。私は、きっと憎しみを忘れて、ただ運命を甘受する。

ワヤンはとても満足そうに私を見て頷き、イブに何かを言う。彼女は意味ありげに微笑しワヤンの顔を赤くさせるようなことを言う。子供たちは大喜びで私を見てはしゃいでいる。イブにこの服のお金を払わなきゃいけないわね、と私はワヤンにきく。君はいくら払いたいのと尋ねられて私は困惑する。解らないのと、私は困ったようにイブの顔を見る。イブとワヤンはそれについて話し合い、私は驚く程、安い値段でその衣装をものにする。私がこの島に溶けて行くための衣装。幸福な死体になるための覆い。巻きつけられた布の下には甘い夢を見る洞窟が生きのびる。

イブは私に紙の箱を渡して贈り物だと言う。それは紐できつく結んであるので私には中を覗くことが出来ない。鉛筆で走り書きされた三千ルピアという値段。私は、こんな彼らにとっての高価なものを受け取って良いものかとワヤンの顔を見る。彼女は君が気に入ったのさ、と彼は言う。何故だろう。イブは私を静かに見詰めたままだ。私は透かし模様の奥に揺れる自分の乳首の存在を思い出す。それは待ちわびて固くなる。男でもなく、男の体でもないものを。私は久し振りに待ち焦がれるせつなさを抱き締める。それは急激に私を襲う空腹のように、私自身が生きていることを感じさせる。私は今、確かに心の中で何かを殺し始めた。

トニは自転車から飛び降りて私とワヤンの許に駆け寄って来る。そして、私がバリの女と同じ衣服を身に着けているのを見て、大きな口を開けて驚く。そして、嬉しくてたまらないという表情でワヤンの腕にすがり付く。彼は興奮して私のまわりをぐるぐるとまわり、私の格好を上から下まで見詰める。そして飛び上がって私の前で手を叩く。私と同じ背丈の大人になりかけた少年のその動作は、私を吹き出させ、ワヤンとイブは楽しそうに囁き合って私とトニを見比べる。ワヤンとイブはとても理解し合っているように私には見える。彼らは秘め事を秘め事のまま壊すことなしに打ち明け合う唯一の仲間なのかもしれない。イブは私とワヤンの関係、そしてこれからどのようなことを行うのかを一瞬の内に見て取ったし、もちろんワヤンはイブが私との関係を見抜いていることを知っている。私たちの関係。愛からでもなく肉欲からでもなく静かな糸でつながれたもの。それはごく当り前のことのように告白することなしに二人によって静かに語られる。そして、彼らは私がトニの好きなものになったことも知っている。果実のように砂糖きびのように海のように太陽のようにトニが私を好きなことを。彼は飛び跳ねる。大きな波を見た時と同じように。彼は目を輝かせる。揚げたバナナ菓子《ピサン・ゴレン》を手にした時のように。耳の聞こえない少年は父親のいない少女と同じように不幸を背負っている。学校に行けず、結婚出来ず、そして寺にも行くことが出来ない。彼らが幸福なのは好きなものに出会った時だけなのだ。口のきけない少年は、好きだという言葉を知らない。好きだという感情が湧いた後、体は好きだと話を始める。何故、自分は嬉しい目をするのだろう。何故、自分は笑って走りまわるのだろう。それらのことが幸福と呼ばれていることを、彼は永遠に知ることはないのだ。

私たちはイブに別れを告げて店を出る。イブはゆっくり手を振りながら私たちを見送る。その背後には子供たちが並んでいる。私はオートバイに横座りになり、サルンの裾をしっかりと合わせる。足首に巻いた金の鎖がさらりと踝まで落ちる。私はやはり、バリの女たちとは違っている。子供たちはもう笑っていない。不思議なものを見た時のような顔をしている。彼らは漠然と気付いている。快楽を拒むような振りをしてそれを切望する女。そして、快楽を容易く受け入れるのと同じ調子でそれを逃がして行く女。つまりは、私が、だらしなく頼りない、けれど許してしまわなくてはいけないコピ（コーヒーの意味）の下に溜まる砂糖のような女であることに。

私にはそれが解る。砂糖のような人間を見て彼らが困惑していることが。けれど、私は、黙認している人間の存在も知っている。イブやワヤンやトニのような。認めるということは少しだけ愛すること。私は自分に向けられたその行為が嬉しい。私は色々なものを認めて行くだろう。そして、それをやさしい気持で受け止めて行くだろう。暑く湿った空気は汗の玉を生み、それは時々汚れのない水晶のように見えることもあるのだ。水晶を目の奥に焼き付けて行くのは私を素敵に飾り付けて行くことだ。それは、まったく悪くない。そう思う自分自身に私は苦笑する。イブは、あの香を炷《た》きしめた部屋で私に魔法をかけた。それは唾液をつけて大怪我を治してしまうバリに伝わる黒魔術に少し似ている。彼女の唾液は赤い紅。私の乳首を尖らせる。少し痛くなる程に。私は欲しい。欲しくてたまらないものがある。それが何だか言うことが出来ないのだが。

オートバイは走り去る。トニが自転車で、私とワヤンの後を付いて来るのが見える。私のブラウスは乳首で小さな山を作る。トニには見えはしないだろう。けれど、ワヤンはオートバイが揺れてそれらがぶつかるのを滑らかな背中で感じるかもしれない。

雨が降り出した。黒い雲。雨期の始まりは私たちにいつも突然のシャワーを浴びさせる。心地良い乳首の沐浴《もくよく》。私は目を閉じる。ワヤンは私の新しい衣服が濡れやしないかと気を使う。雨は次第に強くなる。私の耳飾りは雨だれを作り始める。雨は緑を濃くして、トニの姿はけむっている。彼は必死に自転車を漕ぐ。私たちの距離は埋まらない。

ワヤンは小さなコテージの集まる安ホテルにオートバイを乗り入れる。無愛想なフロント係はワヤンのサインをちらりと確認しただけで鍵を渡し、ペーパーバックに夢中になっている。小さなレストランを通り抜け私たちは部屋を捜す。人気のないホテル。テーブルには飲みかけのグラスがぽつりと置かれジンの匂いを流している。

ワヤンが鍵を開けている間、私は屋根付きのポーチに置いてある籐椅子に腰をかける。そして、濡れたサンダルを足から外すために、テーブルに片足を載せる。サルンの前が割れ、私の脚の間からは暖まった匂いが流れ出して、ジンのそれに溶ける。私は急速に喉の乾きを覚える。激しくなりつつある雨がポーチに降りかかる。けれど、私の乾きは雨では癒せない。

ワヤンは開いた扉を目で指して、入らないの、と言う。もう少しここに座っていたいの、と私は答える。雨やどりをもうしばらくしていたい。どうせ私の体はあなたによってもっと濡れるはず。私は、そう呟く。ワヤンは、頷いて私の欲しがるジントニックと自分のための椰子酒《アラック》を買いにレストランに行く。私は行儀悪く素足をテーブルに載せたままにしている。私はぼんやりと雨を聴く。何度、この音を聴いたことだろう。時には同じ音、そして時には違う音。いずれにせよ、今日のように熱い調べを私は聴いたことがない。何故だろう。何故、今日は違って聴こえるのだろう。私の心臓は雨の音に同調する。私の皮膚は譜面を広げ雨樋からの雫を受け止める。濡れてしまった髪。私の額は吸い取り紙になり頭の中を湿らす。そこは海綿。経血をすべて吸い取ってしまうあの海綿。私は快楽を愛することが出来る。そして、欲望を感じることが出来る。肌を擦り合わせること、そして唾液を交歓させること。相手に自分の背をすっぽりとはめ込ませること。指たちの踊りを許し、耳を、流れ込む舌で満たすこと。それらすべてに対する欲望を。私は男の体が私を暖めること、真の意味でそうすることをようやく再び思い出している。男は私のなりゆき。そして、それこそが私の愛するものであったことを私は思い起こす。男の肌はいとしい。そして、男の吐息が調合する空気はかけがえのないものだ。愛しているという言葉、それはただの音楽だ。美しい音楽。軽々しく使われるべきあどけない言葉。私はこの島で決して性愛に不自由していなかった。けれど、恋することに不自由していた。愛しているという言葉を可愛がり過ぎていた。爪のひとかけ、あるいは尖った肘の骨。愛することはそこにすら付着する。腋の下に湧き上がる苦い水。真珠色の白い目に走る赤い亀裂。そこにすら恋の悪戯は火を起こす。私は何て多くのことを忘れていたのだろう。私の好きな記憶喪失は、それらのこと以外を忘れ去って初めて存在するものであったのだ。

ワヤンはテーブルの上の足の爪に音を立てて口を付けながら、飲み物を私に手渡す。私はグラスを目の上に上げて「乾杯」と、いう。私の機嫌の良い、けれど決してはしゃぎすぎないその動作にワヤンは満足したように立ったままグラスを持つ手を上げる。降り続く雨に乾杯。私を包む腰布《サルン》に乾杯。目の前に立つ私の男の体に、そして私の残して来た思いに乾杯。

私はグラスの中に指を入れ、数個の氷をつまんで放る。風土病にはかかりたくない。そして、私の体は風土病を既にものにした。氷は熱い雨に溶かされて消える。その後、川を作って土に消える。私の手の中のジンはレストランに置きざりにされていたものよりはるかに暖かく良い匂いをたてる。私の口の中を行き来する酒は決して孤独ではない。私の舌はもう愛するということを思い出し始めた。

ワヤンは私の足を丁寧に床に降し、私を立たせて口づけた。彼の歯に塗られた椰子酒《アラック》は、唾液で中和され私の口に静かに流れ込む。私は酔いを感じて目を開ける。ワヤンは私から唇を離す。長い睫毛は影を作り、私は彼の目の下で休息する。鳶色の瞳は私がそうするのを許す程に慈悲深い。そして、甘えた私の唇はこういう言葉を産み落とす。

「愛してるわ」

ワヤンは頷く。彼には解っている。私が本当に彼を愛して欲していることを。私は彼の肉体の持つ私にやさしいすべての場所を愛している。私はそれを手に入れたいのだ。傷つけ、そして傷口を舐める程に彼の肉体に恋をしている。私は何度でも軽く言える。私、あなたを愛している。私、あなたを愛している。私は彼の皮膚を本当に愛している。私の脚の間は彼の持つ沢山の触手を恋しがっている。私は突然、色々なものを愛していると言うことが出来る。海、陽ざし、空気、甘い酒。私に求めさせるすべてのものに対してそう言うことが出来る。再び。ワヤンとのベッドが作り出すみだらで甘いシェリー酒のような時間、あるいは……。

ああ、そういえば。私は、イブにもらった贈り物を開けて見る。紙の箱には黒い塊りがつやつやと笑っている。それは、バリの女が祭りの時に自分の髪を引き詰めてその上に載せるヘアピースだった。こんもりとした黒い山は私の手の平に置くと動き出しそうに見える。イブはこれを一体、どういう気持で私にくれたのかしら。

ワヤンは私の手からそれを取り上げて、お道化《どけ》たように自分の頭に載せる。そして、踊りながら部屋の中に入って行く。祭りのための髪の毛。ガムランを流したらワヤンの踊りはきっとあまりにも淫蕩に見える。けれど雨の中では、私の心にいとおしさを湧かす。ワヤンは振り返り私に手招きをする。私は笑う。そして、行く。

すっかり緩んだサルンの結び目。私は足を剝き出しにしたまま部屋に足を踏み入れる。サンダルを脱ぎ散らかしたままで。私はレストランの向こうで自転車を引くトニを見つける。彼はびしょ濡れの姿で、私に気が付いて笑う。彼は私たちの部屋に向かって歩いて来る。私は少し立ち止まっていたが、思い直して部屋のドアを閉める。トニはこのポーチで雨やどりをするだろう。そして、私たちの溜息の気配で濡れた肌を乾すだろう。彼は大丈夫だ、きっと。外は雨、部屋の中では祭りが始まる。

いとおしいものを手に入れて私は涙ぐむ。私にとってのワヤンの体は昨日《きのう》と今日ではまったく別なものだ。私は彼の体に対しての欲望をさらけ出す。今まで、私は彼の体を受け止めているだけだった。叫びや汗や溜息は、とても正直に私の体の気持を彼に伝えて来たものの。今、私は彼を喜ばせたい。彼の腰に顔を埋めることは今までもして来た。けれど、私はその後で彼の脚の間の生きものに頰ずりをして愛を告白したい。それは技巧も策略もないから、彼の体には快楽を与えないかもしれない。けれど、彼の心の片隅をきっと心地良くさせる。

私は今まで何の思惑もなく顔に快楽の表情を刻んだ。快楽が私の表情を作っていたのだ。今、私はみずからそこに少しの媚態《びたい》をつけ加える。彼に見せたいから。私の媚態は多過ぎないから、きっと彼を喜ばせる。私は少し苦労する。それは私の心を少しばかり引き締める。私の背骨はだから良くしなる。それの作るシーツの皺はきっと美しい。私はこの島に来てあまりにも苦労知らずだった。デンパサールで拾った男たちは、私を許していた。そして、私を甘やかしていた。私は従い、そして彼らも私に従った。だから、今のように少しだけあらがって見せる私の手を枕の上に押さえ付けるワヤンの手、その指たちが私の指に組み合わさる時の悦楽を私は知らなかった。彼の髪を撫でながらのせつない表情、眉を少ししかめながらも微笑しつつ彼を見上げた時の私に感動するワヤンの瞳の色を見詰めるという感慨を味わうことを知らなかった。私は、長い間、なんて多くのおいしいものを見逃して来たのだろう。私は、甘い飴を舐めたいと願った筈だ。本当の甘い飴は目の前の男を何の嫌悪も思惑もなく味わい尽くした先にある。そして味わいはお互いの体を何度も反射する欲望の果てにある。そして、そこに行き着いた男と女は自分を決して壊すことのない完璧な演技者になる。欲望は欲望を呼び、幸福は幸福を呼ぶ。完璧な演技者は相手を憎まない。そして、傷つけない。事実は受け止めなくてはならない。私は自分の体の上にある男の皮膚を愛している。そして、その皮膚が生み出す私への愛情を私は愛している。私が彼を愛していると知らせたくて体を反応させる。そして、それを知った彼は自分もそうなのだと伝えたくて体を使って見せる。愛することは気楽だ。そして、暖かい。私は他人を心地良くさせるために涙を流すことが出来る。そこには束縛したいという気持がない。目の前には私を愛する男の体がある。だから、私はそれを愛すのだ。もしかしたら、明日、私たちはそうすることを止めるかもしれない。けれど、そんなことは関係がない。私が愛することを再び見出した時、未来は消失する。何故なら、そこには何の価値もないから。価値のないものは滅びる。そしてこの男の肌は残る。私の上にしたたる汗は、私のすべてになる。

赤く塗られた足の爪をワヤンは自分の爪先で押さえつける。私は彼の足先に自分の感情を伝えようと爪たちをそらせる。私の足は可愛い形に丸まり、彼は足の親指でそれをやさしく撫でる。私は、そんなふうにされると快感で肌が粟立つ、と言う。そして、彼はもっとそれを続ける。

私はうつぶせになり枕を抱える。彼には私の顔が見えない。私は自分の心地良さを彼に伝えたくて自分の唾液を枕に流して染みを作る。彼はそれを認めて私の首を自分の方に向かせて私の半開きの口を吸う。私は薄目を開けて彼を斜めに見上げる。そして、あんまり素敵で死にそうだ、と途切れ途切れに彼に言う。死んでもいいんだよ、と彼はやはり息を切らして言う。いいの？　本当に？　ああ本当だよ、僕も死ぬ。誰も私たちが死んだことに気付かないといい。だれも同情しないといい。そんな奴、いやしないよ。寝台の上で枕を嚙みながら死んだ奴に誰も同情しやしない。私は枕のはしを嚙みながら、そして、あなたは私の耳を嚙みながら。ああ、いい気持だと、彼は言う。君の体、そして脱ぎ捨てられた衣服。色々なものが気持のいい空気を作っている。そう、あなたの腰が動いて起こす風、蒸発して行く椰子酒《アラック》。汗で滑り落ちた指輪。あなたのペニスはそれにつまずく。そして私の肌の上で転ぶ。甘い汗の中で溺死したペニス。助けようとして手を伸ばし、引き摺り込まれた私の心。死ぬことですら快楽。そして生きのびて皮膚を歯で削り取ることへの欲望。私は熱くなる。イブに塗られた首筋の練り香水は発酵する。それは部屋じゅうを満たして行き、私はむせる。彼は味わう。私は叫ぶ。彼は囁く。囁きは私の胸にはらはらと落ち、私の肌を赤くする。彼はもう一度、それを吸い込もうとして、私の乳首に口を付ける。イブに化粧された乳首。祭りのための薄紅珊瑚。彼は歯を立てる。そして、広がる赤い鱗粉。歯は染まる。そして、今度は赤真珠。私は、それを欲しいと言う。脚の間でそれは弄ばれるべきだ。あこや貝。私の体内はいくつもの愛を養殖する。足は扇《おうぎ》。角度を変える。さまざまな淫蕩。受け止めるバティク。愛していると彼は言う。言葉。雨音。漏れてしまう吐息。シーツは擦れて火を点ける。脇腹に爪のあと。足首に五本の指。金色の鎖は休んだり流れたり。自由気ままなのは私の髪も同じ。枕の上で踊り、シーツの上を走り、時には床の上で眠る。あまりにもわがまま。だからお咎《とが》めを受ける。彼の濡れた指で。彼は私の髪を時折、つかみ、そして引っぱる。私は縊《い》死《し》を待つ幸福な生け贄。バリに捧げられた供物。墓ですら腰布《サルン》を巻く。だから、私はワヤンの肌を巻く。巻かれて息は止まり私は幸福な死体になる。

死人はとても感受性が強くて、部屋の外の気配を察知する。トニはポーチに座り込み、私たちを待っている。彼はきっと私の脱ぎ捨てられたサンダルを尻に敷き、股間を膨ませている。雨音は愛しているという言葉。流れてトニを濡らす。彼は脚の間に鼓膜を隠し持つ。私は彼が私を見て、感じて、幸福になるのを知っている。幸福は鼓膜を震わせて、彼はせつない表情をする。私にはそれが解る。あの時、海岸で、彼は私の血を吸った。そして、吐いた。口の中に捨てられずに残った血液の澱《おり》。それは体の中にこびり付き、彼を大人にするだろう。ドアの隙間から流れ出る私とワヤンの上気した愛情を股間で感じ取る程に。私の指はドアのこちら側で、みだらにワヤンの肌を這う。蟹に処刑されかかった可哀想な指。それはトニに助けられて今だに熱く膿を持つ。私の背骨の軋《きし》む音が彼には聞こえない。けれど、私の生み続ける溜息は流れ流れて彼を濡らす。まるで、慣れ親しんだ熱帯の雨のよう。どこかの部屋からタイプライターを打つ音が聞こえる。誰かが小説を書いている。私にも今なら書ける。ああ、それなのにペンがない。私の手に握れるものは、ワヤンの脚の間にあるもの。トニのジッパーを降す音が聞こえる。そう、そこにも握れるものがある。私はタイプライターの打ち方を知らない。あの心地良い単調な音。私に叩けるのはキーではなくワヤンの肌。指先はその上を動き、彼の口は私にだけ理解できる美しいおはなしを語りつぐ。白いシーツの隙間に。あるいは私の脚の間に。そして、きっとトニの鼓膜の中にも。彼はこれからも私たちを黙認するだろう。漂う甘みを知りながらも。私の快楽の証人。こげた肌を持つ海辺の少年。ああ、私のあの指は、熱くて痛い。

そう、私は元気よ。だから心配しないで。私は電話の向こうの男にそう言う。

彼は、しばらく沈黙する。オペレーターの声は私たちの間に割り込み、そして彼の沈黙をせかす。どうして、こんなことになってしまったのだろうと彼は言う。どうして、そんなことを今さら、と私は笑う。君はいつも僕を追いかけて来てくれると思っていたよ。どうしてそう思うの？　君は泣き叫ぶ程、僕を愛していただろう。そう、確かにそうだった。でも、私は今、すれ違っただけの男の匂いさえ愛することが出来るのよ。それは本当のことなのだ。私は自分の肌に重なる男の皮膚を愛し尽くすことが出来る。悲しいよ、と彼は言う。私は悲しくなんかない、と言う。六分間が過ぎましたよ。インドネシア訛りの英語が再び私たちをせき立てる。そういえば、最初に私は六分だけと国際電話を申し込んだのだ。電話の普及が遅れているこの島では、三分ごとに時間を買わなくてはならないのだ。僕は君をまだ愛していると思う。彼はそう告げて、けれどその言葉は私を揺り動かさない。私も多分まだ少しあなたを愛している。だって許すことが出来るのだから。私にまちがった愛し方を教えたあなたを。そして、それにすがり付いて発狂した私自身を。私はいつも男を抱いているわ。そして彼らも私を抱いてくれる。私はとても男が欲しいの。おなかがすいているのよ。空腹であれば、どんなものでもおいしいし、おいしいものは最高の贅沢を私に味わわせてくれる。男は黙る。まるで受話器を通して私の口臭が流れて来たかのように不愉快に押し黙る。そう、私の口は、きっと匂う。チリソースや臓物や海亀や丁子や精液やマンゴスチンや砂糖水《エス・グラ》や海の塩の匂いが混じり合って。私はそれらを愛している。サヌールの朝焼け。グヌン・アグンの棚田。ルンダンに咲くコーヒーの花。ウブドゥの蛍。レンボガンでのセックス。どれも私の心をいたわる素敵なもの。君は僕に唾を吐いた。そう、でも今、私はその唾をもう一度舐めることも出来る。私の唾液は愛することを知って以来、とても清らかになった。君は僕を……。電話は切れる。六分は過ぎた。私は受話器を置く。私はとても落ち着いている。何故、電話したのだろう、私は。私は証明したかった。でも一体何を。

この島に嫌悪を吸い取らせて、ただの水のようになった自分。どんよりと、そして暖かい水。そんな水でも最初に泉から湧き上がる時は小さな純粋を持っている。そして、汚れた後ですらそれを取り戻すきっかけを持っている。たとえば熱い火に灼かれて蒸留されること。美しい肌に漉《こ》されて透きとおること。初めから澄んだ水に混じって汚れを隠すこと。

私はかつてあの男の頬に唾を吐きかけたことがある。私は彼を決して愛さなくなったのではない。私は自分の中に溜まったものが、ただ嫌で嫌でたまらなかったのだ。そして、それを彼に知らせたかったのだ。私は、彼が私を愛していたのを知っていた。だから、彼にそれを伝えたかった。あなたの愛し方は正しくなかったみたい。あるいは。私をあんなふうにしたあなたは少し罪を背負っている、と。

あんなふう？　たとえば、彼が私の横で寝ていないということに恐怖を覚えること。私は、彼の妻、あるいは他の女と彼が一緒に時を過ごしているということを危惧していたのではない。私の持つあの洞窟。それ以外の女の持つ同じ形のものと彼がかかわり合うことを恐れていた。私は泣きながら想像したことがある。彼と他の女との情事。具体的に細かくはっきりとした映像を私の心の中に広げるのは二つの性器の結合だった。私は、顔というものを思い浮かべなかった。私を泣かせるのは彼の性器が、たとえひとときでも他の女の洞窟を埋めることだった。私は彼に執着していた。そして、彼の脚の間にあるもの、つまり私の洞窟を窒息させるせつない生き物に。私は彼に会うまで知らなかった。性愛が自分の心を泣かせることを。男の性器が私の心に対して磁力を持つことを。私は性器のことばかり言っている。彼を語るのにそれは重要な意味を持っている。私はそれまで、色々な男と性によってかかわって来た。そして、色々な人間と心によってかかわったこともあった。けれど、性愛が心を動かすという事実を私に教えたのは彼が最初だった。私は嫉妬することを覚えた。彼の脚の間で生きているものは私だけを支配すべきなのだ。少なくとも、彼と会って以来、私の洞窟は彼だけを支配しようとしていた。けれど、彼は私と同じようにはしようとはしなかった。私には解った。私の一番愛するものの上に覆いかぶさる他の女の気配が。それからだ。私が彼の足にすがり付くようになったのは。私にはどうしても他の女に渡したくないものがある。そう思い始めた自分自身を私は憎んだ。そして、私にそういう感情を植えつけた男を。私は自分が幼ないと今さらのように思った。けれど、私はそれまで、飴玉のような性を味わって来たのだ。私には性愛で男を虜にするしかすべを知らなかった。私は男たちが好きだった。気ままに私をかわいがり、いつもお気楽でやさしい男たちが好きだった。何故、彼はそうではなかったのだろう。どうして、私の体が嫌なのと私は彼に聞いたことがある。どうして、他の女の性器に気を魅かれるのかと聞いたことがある。私の幼ない質問。だって、誰も教えてはくれなかった。私に自分の体を使わずに彼を引き止める方法を。私にあの時、何が出来たというのだろう。彼の足にすがり付いて、行かないでと泣くこと以外に。

私は彼の心に嫉妬することはなかった。ただ彼の肉体に嫉妬していた。私が男を愛する方法。それは体を与えて体を奪うということだったのだ。つたない私を彼はどんなに蔑んでいただろうか。飴玉を取り上げられて拗ねているただの子供。彼はきっと私のことをそう思っていた。

肉体が心を支配した。それに気付いた女は、どれ程自分を哀しく感じるか、男たちは知っているだろうか。どうしてなのだろう。私はひとりきりでそう考えていた。あの自分の体に快楽を与えていただけの棒がいったい何故、こんなにも私をせつなくさせるのだろう。あの寂しさを埋めるだけの海綿が、何故、こんなにも重大な意味を持つのだろう。私は自分をせせら笑う。そして、冷静になる。その後、静まった心の裏側から悲しみはまた姿を現わすのだ。私は男の脚の間に男の心が溶けているとでも思い込んだのだろうか。

それが、生まれて初めて味わった感情だけに私は慌てた。私は、シーツにひとりでくるまり手を握り締めて冷汗をかいた。もしも、安易な快楽の素晴しさを知る前にこの感情を味わっていたなら、私は彼へのこの苦い愛情を不平を言いながらも甘受していただろう。しかし、そうではなかった。

もちろん、私には幸福だった時もある。彼と向かい合う食事の時、私は幸福に包まれて彼を見詰めた。野菜を齧《かじ》りながら、私は、彼を心からやさしい感情で愛した。肉を優美に切りわけながら彼と眠ることが出来ると胸をときめかせたこともあった。けれど、それは数時間後に私だけのことに彼が時間を費すことが解っていたからだ。私はシーツの中で彼がどんなに熱い空気を作るか知っていた。私がそれを全部自分のものにして喜びに喘ぐのを予感していた。私は彼を本当に愛していた。

嫉妬は、私の場合、肉体から生まれた。肉体を束縛したいと思うことから始まっていた。今、この島で私はそうは思わない。私は瞬間という言葉を愛する。それは、空気であり、それを作り出す男の肌であり、私へのいたわりに満ちた男の瞳であり、それを受け止めることの出来た時の雨、あるいは太陽の陽ざしである。私の愛情は今、粘り気を失ってさらさらとした金粉になる。いつでも、つまむことが出来て、そして、おいしい。私は嬉しさに泣くことすら出来る程に、その瞬間、真摯になる。長かったと思う。私は今、自分を見ることが出来る。私はこの島でどれ程の体液を使い、それを得たことだろう。私は、道すがら拾い上げた、あるいは私に拾われる素振りをして実は私を拾った男たちに感謝する。

私の網膜から、あの男の色彩が消えて行くのがよく解る。この島が少しずつ私に残して行くさまざまな色がそれを塗り変えて行くのがよく解る。私は、あの男が今でも好きだ。だから、彼にそれを伝えたかった。今、私の習得した愛し方で、もしも彼を愛したとしたら。私は感動とそして深い後悔に額を押さえて下を向く。彼の皮膚、彼の瞳、彼の言葉、そして、彼のペニス。それは皆、同等に私の心に思い出される。そして、それらが私に向けて作り出していたひとときを、私はやさしい心で受け入れることが出来る。いとしい人。彼の甘い汗、彼のくわえる煙草。私にかかる吐息。それらは、素晴しいものではなかったか。

私は唾を吐いた。それで、自分の中に巣食う賤《いや》しい気持を追い出すつもりだった。けれど、私がそれをなし得たのは、この島に来てずい分と長い時を経てからだった。そして今、もう、私は彼を失いかけている。彼は私がもう前と同じように自分を愛さないことを知っている。私に染み込んだバリ島の熱。彼は遠い国でそれを感じていただろう。私は、きっとまた彼に会うだろう。そして、あなたの笑顔は大好きよ、と軽口をたたいて見せるだろう。そして、ベッドで愛し合いましょうよ、と素直な気持で言って見るだろう。そして、寝て、味わい、愛して、そのベッドを出るだろう。その時、すべては過去のものになる。よじれたシーツ、ベッドから落ちた枕、漂う愛の匂い、彼のやるせない瞳、私は、すべてにさようならを言うことが出来るだろう。さようなら、あなたが好きよ。また愛し合う日まで、私はすべてを忘れるだろう。私は、あなたを真剣に愛した、だから、とても満足よ。彼は、そんな私を見て、もう私が自分を愛さなくなったのだろうと思うかもしれない。でも、私は愛している。私は彼の体、そして少しの心が私を満足させるに足るものであるのを知っている。私は、それに再び出会うまで休息するだろう。

私は、たった今、私以外の人間の誰をも愛していない。あの私に快楽をもたらすワヤンも、そして、私の後を付いて来るかわいいトニのことも。私は受話器を置いてベッドに座り自分の両膝を抱いている。私は、今、このいとしい自分の膝だけを愛している。そして、触れるたびに私の指を心地良く滑る足首の金の鎖だけを。

思い出は死んだ。私はあの男を許す。私は、ふと、泣きたいような気持になる。男に抱かれた訳でもなく、男に去られた訳でもないのに。私は、ただ涙ぐむ。何もしないで、何もされないで涙ぐむ。金の鎖が綺麗だから。ポーチを照らす月明りが青くて静かだから。男の肉体は、もう私の心を不幸にはしないのだ。

トニはいつも私の後を付いて来る。そして、私を見詰めている。あまりにも罪のない様子で私の顔をのぞき込むものだから、私は少し困ったりする。そして、どうして良いのか解らなくて、私は椰子の木陰でそのまま読みかけの本に目を通すこともある。そんな時、彼は少年らしい悪戯、浜辺に流れ着く栗のいがのような植物を私の背中に落としたり、砂でいつのまにか私の足を埋めてしまったりする。私は彼に向かって叫ぶ。そうすると、彼は嬉しそうに逃げる。彼は、私が、仕方ないわね、という表情で本を伏せて彼を追いかけて来るのを知っている。

砂浜で夕暮れワヤンは私を抱くことがある。トニがいるにもかかわらず。かまいやしないよ。彼は、いつだって僕たちが愛し合うのを感じていたいのだから。ワヤンはそう言って砂の上にやわらかく私の体を押し倒す。私の体はとろりと溶けたチーズのように愛し合う前の匂いをたてて崩れ落ちる。首筋に降るキスの雨。橙色に彼の背中を照らす海からの夕陽。すべてが心地良く、私はワヤンの体とトニの視線を受け入れる。素敵よ、気持いい。気にしないわ、トニは私を見詰めることが好きなんだもの。見せてあげる。私が愛し合う最中にどんなに恍惚とした表情を浮かべるかを。

夕陽は好きよ、と私は言う。僕のことは、とワヤンは訊く。夕陽の中のあなたが好きよ、と私は答える。トニはそんな私たちのそばに座り、私たちのすることを見ている。彼の股間は多分熱くショートパンツを押し上げているだろうけど、彼の瞳は静かだ。ごめんなさい、力になれなくて。私は呟くけれども、ワヤンの愛情に溺れて、トニを気にかける余裕がない。私たちは、ワヤンの上着を腰の下に敷いて愛し合う。そんなふうだから、彼の上着には、いつも染みが付いている。仕事前、制服に着がえる前の彼に会うと、だから私はいつも顔を赤らめる。だけど、私は彼の上着の上で揺れる自分の腰が好きだ。

風はトニの金色になった髪の上にそよぐ。私は、ワヤンの逆光で暗くなった顔の表情を探るために、薄目を開けて手を伸ばす。そして、熱い空気の向こう側のトニを見てしまう。私たちの溜息はワヤンの背中によってトニとの間に壁を作られて動けない。トニの髪を揺らしているのは、やはり溜息ではなく、風だ。トニの瞳に何が宿っているのか、今の私には読み取ることが出来ない。彼は少し痛みをこらえているように見える。私は投げ出された足をのばして、彼の膝に触れてみる。そして、いたわる。トニは私の足の指をたたく。まるでタイプを打つように。そして、握る。まるで自分自身のものをそうするように。私の口は開けられているから、彼は私が叫んでいるのに気付いているだろう。ワヤンの背にまわされた私の腕に力が込められ、そして折れた指が蜘蛛の足のように歪み、その先の長い爪が、浜辺に捨てられた桜貝のように彼の肌に散らばるのを見て、きっとトニは私が快楽のさなかにいることを知るだろう。

私は、声を上げワヤンの体にしがみ付き、腰を動かし、上着をずらし、そして砂は私の肌を耕す。トニが私を見ている。そして、私ののけぞった喉は彼の鼓膜を濡らし始める。

何故、トニがそんなに私を見詰めるのだろうと考えたこともある。人がそうする時。私はいくつかの理由を考える。彼はいつも、私を穏やかなすずしい瞳でじっと見る。私に関心がある。けれど、私には彼の知るべきものが何もない。言葉を持たない少年に私が小説を書いていたことなど告げる必要もない。ただのあの年頃の好奇心からかしらと私は思う。男と堂々と人前で愛し合って見せる女に対しての純粋な好奇心。そして、性愛というものを大胆にさらけ出して見せる女への。あるいは、その時に濡れて形を変える脚の間に咲くあの未知のものに対しての。自分の股間を理由《わけ》も解らないまま孕《はら》ませるあの空気に対しての。私はそのうち、考えることを止める。彼は私のような女を抱きたいと思うにはまだ幼な過ぎる。そして、私のような女に恋をするには物を知らな過ぎる。きっと、彼はただだ私が好きなのだ。側にい続けたいだけなのだ。私に価値を見出すには、私のしていることはあまりにも不謹慎だ。彼はあまりに私を受け入れ過ぎている。すべてを許し過ぎている。彼はただ私を、私のすることを受け止めていたいだけなのだ。この島が私に対してそうしているように。私はそう思いたかった。トニのしていることを私自身のせいにするには、私はあまりにも怠惰だ。私はそう思い、何も考えないようにすることに決めた。誰にでも見ていたいものはある。そして、誰にでも見せたいものはある。

その日、私がいつものように海岸で、ワヤンがウェイターであるべき時刻に持って来させたワインを飲んでいる時、トニは私の目の前に来て笑った。私は彼に目で、こんにちはと語りかけ首を傾けて微笑した。彼はいつものように明るい表情をして私の足許に座り込んだりしなかったので、私はどうしたことだろうかと少し不安になり彼を見上げた。

彼は笑っていた。けれど、それはいつもの彼らしくなく少しはにかんだ様子だった。私は、グラスを口に運びながら、今までに何度も読み返しているアルベール・カミュの本を閉じて彼の目を見ていた。私はこの小説の書き出しが好きだった。それは、「きょう、ママンが死んだ」というのだった。けれど、その一文以上にトニの瞳は私の気をそそった。彼は笑うにしては、少しばかり真剣な色を口のはしにたたえて私を見ていた。なあに？　私は彼には聞こえないことも忘れて問いかけた。彼は私の手を取った。そして、私のグラスを倒れないように砂を少しえぐって置いた。それから、閉じられた本をその横に置いた。彼は私を立たせて、手を握り、私をどこかに連れて行く素振りをした。遅い午後。私は、ワヤンの仕事が終るのを待ちたかった。私は、トニの手を振りほどこうとした。けれど、彼は私にそうさせなかった。私の手を引いて歩いて行こうとする。私は、意外な彼の手の力強さと、それによって私をせかす強引さにあきれながらも、彼の言いなりになった。まだ四時にはなっていないだろう。また、すぐに戻って来ればいい。私はトニに引っ張られながら砂浜を歩き始めた。ワヤンは私を待っていてくれるかしら、と私は後ろを振り返る。彼の姿は見えない。私の好きな「きょう、ママンが死んだ」は既に飛ばされた砂によって覆い隠されつつある。そして、その上にワイングラスは倒れてしまい、私の愛していたものをだいなしにしていた。

トニはセミニャックの砂浜を歩く。私も彼に手を引かれて歩く。日は落ち始めて、子供たちは海からあがり、帰り仕度をしている。トニの髪はなびき、足は波に濡れる。こうして見ると彼の体はなかなかのものだ。波乗りをしているせいで背中から腋の下にかけて綺麗な筋肉が付いている。体じゅうに張り付いたままの乾いた砂は、銀色の鱗のように見える。それは、きらきらと輝いて彼の足を伝って砂浜に帰る。

子供たちは、この奇妙な二人連れを不思議そうに見詰めている。彼らは、ワヤンと二人でいる時のように私とトニをひやかしたりはしない。彼らはとても敏感だ。肉体のつながりを持つ男女と持たない男女を素早く嗅ぎ取る能力を持っている。

ユージンがサーフボードを抱えて自転車に乗って来る。そして、私たちを見つけて止まり手を振る。彼は相変わらずチョコレートのような肌を持ち、そして、金色に脱色された髪をせつなげに揺らしている。私とトニは、彼の所に行き、私たちは挨拶をかわす。ユージンとトニは自分と彼だけに解るようなやり方で、手を動かして会話している。ユージンは、その内、にっこりと笑って私の方を見る。

「トニがあなたに夕陽が沈むのを見せたいそうですよ」

「夕陽なら、見たことあるけど」

「こいつなりに見せたいものあるんじゃないかな。よく解らないけど」

どういうことかしら、というように私は肩をすくめて見せる。ユージンは、再び自転車に乗って走り去る。彼は毎日、波乗りの練習をかかさない。年に数度しか彼の許を訪れない恋人のために。

浜辺からは急に人がいなくなり始める。皆、早い朝の準備のために家に帰って寝てしまうのだ。彼らが起きる朝は私にとってのベッドに向かう時間だ。自然の摂理に従う彼らの朝は驚く程早く始まる。

太陽は海の中で泳ぎ始める。海は悲しい程に赤くなる。そして、波は金色の帯をたたえて、私の足許に寄せて来る。いつ見ても、ここの夕陽は愛さずにはいられない。太陽は一日のうちで一番、赤くなる。海と空の切れ目が解らない。私が踏みしめているのはいったい何なのか。私は立ちすくむだけだ。そして、水平線にゆったりと太陽が口づけするのを私は見ている。この時間に、私とワヤンはこれを見たくて、よく海岸に出る。そして、いつのまにか自分たちの愛し合うのにかまけて、お互いの体に反射している夕陽だけを感じることに専念し始める。私とワヤンは、最近、美しい自然を見逃してしまうことが、得意だ。

私は久し振りにこのすべてを忘れさせてしまう一日の終りの儀式を見て満足した。そして、トニもくいいるように海を見て頬をほてらせている。太陽は海を飲み込んだ。そして静寂は訪れる。日は落ちた。太陽はもうない。けれど海はまだ赤い。そして、闇は忍び寄る。私はトニの肩に手を置いて彼を促した。ワヤンがきっと待っている。

トニは振り向いた。その時の瞳。私はそれを一生忘れないだろう。彼はその時、確かに訴えていた。私に対する思いを。それは初めてのことだった。私はたじろいだ。そして動揺を隠すために彼の手を引いてその場を立ち去ろうとした。彼は、私の手を引き返して、私はよろけた。この少年のどこにそんな力が隠されていたのかと、私は驚いた。彼は私の手を握り締めたまま、ここにいて、という仕草をした。人気のない砂浜。私にはどうして良いのか解らなかった。

私は彼としばらくそうしていた。彼は私の手をきつく握りしめていたが、それ以外のことをしようとはしなかった。今のトニの目は、成長した男のそれと同じ色をしている。私を好いて抱きすくめる、あるいは不意に唇を奪ったりする彼らと同じ色。もちろん、彼は私に対してそんな行動を起こしたりはしなかった。ただ私を見詰めていた。しかし、彼の瞳は、男たちの腕のように私の全身を抱きすくめたし、彼らの口づけ以上に私の内部を侵略していた。

彼は静かに指を差した。私はその方向に目をやり息を飲んだ。濡れた砂は沈んだばかりの夕陽を吸い込んで私たちの前に広がっていた。それは海に落ちる夕陽の色よりもはるかに赤いのだった。白い砂は打ち寄せる静かな波のベールをかけて黒く化粧をする。そして、その上には夕陽の薄絹が静かに横たわる。私は口がきけなかった。私はこの島の夕陽を知っていたが、夕陽の忘れものを知らなかった。波は砂を舐めて動き、転がる金の雫は夕暮れの闇に混じって藍色になる。金箔は足許ではかなくたゆたい、私は泣きたくなる。

トニは私の手を再び引いて、もと来た道を戻ろうとする。私は呆然としたまま彼の言いなりになる。私は彼が私に何を見せたかったのかを悟り、唇を噛み締める。私たちはきらきらと光りながら寄せる波で足を洗いながら歩いて行く。もう、お互いの体は、陽に照らされてはいない。闇は静かに私たちに影を刻みつける。いつか、夕陽の中で私を抱いたワヤン。そして、それを見ていたトニ。彼はあの時、少し痛みをこらえているように見えた。そして、私は快楽に声を上げていた。トニはワヤンが私を幸福にさせていたことを知っていた。その時、私を見詰めた物言いたげな彼の瞳。私は、今、はっきりと解る。私は今まで、彼が私をただ好きなのだと思い込み安心していた。けれど、彼は私を愛していたのだ。それを伝えたくても彼は言葉を使えない。私を抱き締めるには勇気がなさすぎる。私を恋の快楽で刺し貫くには彼の指は技巧を知らな過ぎる、彼はきっと捜しあぐねたに違いない。彼自身の私の愛し方を。

私は夕陽の中、ワヤンの腕の中で恍惚とした表情を浮かべていた。トニは私の最高の快楽がそうさせる幸福な顔を手に入れたいと思ったのだ。自分自身の手で私にその表情を刻みたいと思ったのだ。日没の時が砂に生命を与える瞬間、私はその表情を顔にたたえてはいなかっただろうか。トニの指が導く太陽の名残りは私を悦楽のあまり涙ぐませはしなかっただろうか。彼は少なくともやってのけた。ワヤンと同じように、そして、まったく別なやり方で私に愛を伝えることを。

トニは私の手を握る。彼の手は熱くて雄弁だ。彼はむろん黙っている。けれど、私には最初から彼が言葉を持たない種族であることが信じられない。時折、私を見て動かす彼の唇。彼は口のきけない振りをしているに違いない。だって、あまりにも、その唇は、私に期待を抱かせ過ぎる。私は、その開かれた唇が今にも震えて音楽を奏でるような気がしてならない。私の耳に心地良く染み通る「愛している」という調べを。

滑らかな黒い板のようになった濡れた砂の上を私とトニは歩き続ける。まだ暗くなってはいないというのに無頓着な月は、もう真上に上がり、私たちの踏む黒い鏡に姿を映す。そして、私たちが歩いても歩いても追い越すことは出来ずに、月は二人を待ち伏せる。

私は決して言いはしなかった。私の心を撫でたトニの告白を。私は口に出せはしなかった。何故ならトニもそうすることにお喋りを用いなかったから。ワヤンは夕陽の中で私の体を熱くすることをやってのけ、そしてトニは私の心を熱くした。そして、どちらも私を感動させた。私は、その時、ワヤンも、トニも真剣に愛したと思う。けれど、トニが私に見せたあの濡れた砂の色は記憶を失いがちな私の心の慣例を破って、私の心にいつまでも焼き付いていた。あれは、砂の色であって砂の色ではない。トニの作り出した言葉なのだ。私の心はそれに愛撫されて泣いていた。私は、それからしばらくそのことを思い出してぼんやりとしていた。

トニはいつのまにか女を愛することを覚えていた。私が、私とワヤンがそうさせたのだ。初めて会った時に私を追いかけて来た少年。彼は何か匂いを嗅ぎ取ったのだろうか。私が、成長しかけた自分に最後の仕上げをするだろうことを、あの時、既に彼は気付いていたのだろうか。

日没の前と後。私を愛した体と心。彼は私の感情を見事に絶頂へと導いた。私をそれまで、許し暖め、見守っていただけの少年が。トニの姿はたちまち私の中で私を愛する資格を持つ男に変わって行く。私を愛する資格、それは、私が愛しているということだ。一瞬の間、時間を止めて私が愛せるということだ。

私と二人の愛人、トニとワヤンは相変わらずの日々を過ごしている。私はワヤンにトニが私に証明したものを話したりしなかった。もし、そうしたとしても、彼はトニが私に夕陽を見せに連れて行ったとしか思わないだろう。彼が私を愛する時に沈むあの夕陽と同じものを。そして、私があの時のまま、つまり肉体が心を支配するという迷信を引き摺っていたままであったなら、私はトニの伝言を受け取ることは出来なかっただろう。心はいい。そして、体もいい。それを選択する自由を持つ私は幸福だ。

タナロットで私は洞窟の中に棲む何匹もの白蛇を見た。そこには番人のような老人が座り込み、岩と岩との間から白蛇を引き摺り出して私たちに見せる。そして、そばに置かれた木箱に金を恵むのだ。

白蛇を見て叫ぶ私を見て、笑うトニ、そして私を抱き止めるワヤン。私の蛇皮の靴を奪い取り白蛇の側に置いたままにして戻りおどけて見せるトニ、そして怒った私の背をさするワヤン。早く彼女の靴を取り返しておいで、と彼はトニの背を押し、トニはそれに素直に従う。靴を取って来た彼は岩に腰を降したままの私を見詰めている。ワヤンは、それらを受け取り、私の足にひざまずいて履かせる。彼の後ろにはトニの物言いたげな瞳がある。私は、それが何を言いたいのかよく解っている。まだよ、と私は心の中でトニに向かって呟く。私の「まだよ」はもしかしたら永遠に続くかもしれない。そして、トニをせつないまま翻弄し続けるかもしれない。けれど、私は彼に同情するべきではない。それを言うなら、ワヤンだって、そして、私だって同情されるべき存在なのだ。私たちは、皆、何かひとつを諦めなくてはならない。そして、愛は何かを諦めた時に人を満足させるものだ。

「ここ、夜になると海の水の下になってしまうのでしょう。蛇たちはどうするのかしら。水の中で生きて行けるの？」

「さあ、泳いで、寺院の方まで行くんじゃないのかな」

満潮時、タナロットは高い岩の上に立つ寺だけを残して海の中に沈む。私は夜、白蛇の群れが一斉に寺に向かって泳いで行くのを想像した。必要に迫られて棲み家を移すということ。心が手に入らなければ、体を手に入れればいい。そして、体が手に入らなければ心を。けれど、それは、とても困難なことだ。トニは時折、それをやってのけるけれども、彼はその時、一体、どういう気持だろうか。多分、彼は悲しいだろう。もしも彼が、心が肉体を動かす種類のごくわずかな人間のひとりであったなら。私は、そうではない。そして、ワヤンも。だから、私たちはお互いをこれ程喜ばせることが出来るのだ。私は、肉体が心を支配するということに、あれ程悩まされ続けていたが、心が肉体を支配するということに関しては、まったく無頓着でいられる。何故なら、それはあまりにも実体のないことだし、幸運にも私はそういったことに出会ったことがなかったからだ。私は誰のものにもならない。そして、誰のものでもあるのだ。私は、このことに強い確信を持っている。

今思うと、私があれ程、嫌悪して、そして逃れられなかった肉体、それが私の心や行動を支配するということは、ありがちのことのように思える。それは、とても具体的であるから。けれど、その逆は生きて行く中で一度あるかないかのように思える。始まりは、いつも肉体である。セックスを含む、目や口や鼻を通しての肉体がすべてを始めるのだ。そして、なりゆきは心である。

私に靴を履かせるワヤンの後ろでトニは私の足首を見詰めている。私は彼の視線がそこに巻き付き、ぎゅっと締めつけるのを感じる。けれど、私はそれによって心まで締めつけられることはない。タナロットの黄昏《たそがれ》は美しい。けれど、彼の告白の場所じゃない。私はトニの視線より、今、この場所ではワヤンの指の方が好きだ。何故なら、私に触れているから。

解るでしょう？　というふうに私はトニを見上げる。彼は、こうして女の愛し方を学んで行くだろう。彼は微笑する。そして自分の人差し指と中指を唇にそっと当てて、そして私に向かって離す。ほうら、彼はこんなことまで覚えた、と私は嬉しくなり彼の投げた控え目なキスを口に含む。解っている、ちゃんと通じているのよ。私は、それを証明するために、投げられたキスを口の中で嚙み砕き飲み込む真似をする。トニは満足したように、はしゃいでワヤンの首にしがみ付き、そしてもたれかかる。ワヤンは、そんなトニを仕方がないなあというふうに扱って、相手をする。ふざけ合う二人の男たちを私は笑いながら見守り、ガラムをふかす。私は煙草を持つ手が生命を持ち疼き始めるのを感じる。私の指は男を愛するのが上手い。そして、私の指はとても綺麗に煙草をはさむことが出来る。そして、私の指は……。私は今、楽しみを胸に抱えて指たちをじらしている。いつでも、可愛がることの出来る男。いつでも味わえる食べもの。いつでも、楽しめる煙草。お遊びで禁欲するのはなんて楽しいことだろう。私は幸福だ。幸福ゆえに嘔吐することすら出来る。

見つめているから、あれは自分の犬だ。そう言った男がいた。私はトニに対して、そんな不遜な気持を持っていたわけではない。けれど、私を見詰めるトニの姿にはそう思わせる何かがある。彼が私と二人きりになる時、彼の目は私をあまりにも真剣に見る。彼は訳もなく私の体に触れたりすることはなかったが、その瞳は充分過ぎる程、私の心を撫でていた。それは、ある時は私の心の奥底をかきまわす程、悲しい色をしていたり、ある時は、私が彼の思いを受け止めていることへの強い喜びに満ちていたりした。少しも恥しそうな素振りも見せずに私を見る視線は、強過ぎて私をたじろがせる程だった。私には、彼の側にいてそれに頷くことしか出来ないのだと思うと、私は困惑せざるを得なかった。私には自分を見詰める彼を許すしか出来ない。私には、彼を自分の犬のように扱うことなど出来そうにもなかった。

けれど、彼の瞳はそうして欲しいとすら願っているようだった。僕を束縛して。彼は、確かにそう言っていた。けれど、私にどうしてこの少年を束縛することなど出来るだろうか。第一、私はそんなやり方すら知らないのだ。ワヤンはいい。彼とは肌を重ねて愛し合うことが出来る。そして、彼と私の間に束縛という言葉は無縁だ。私たちは、愛がどんなに素晴しくて、そして無責任であるかを知っている程に大人だから。けれど、私はトニとそうすることは出来ない。彼は裏切りを知らない。だから、裏切りを許すことも知らない。そんなトニに対して、私が出来ることといったら、やはり彼の視線を受け止めてあげることだけなのだ。そして、彼の髪を撫でて、束縛したような振りをするだけなのだ。

彼は私の姿を見つけると、喜びをあらわにして私の許に走って来る。それは、まるで、私の犬のようだ。そして、私とワヤンが愛し合う時、彼は少し悲しそうにじっとそれを見守っている。やはり、忠実な犬のように。私は、ワヤンに、トニは何故、あんなふうに私たちの後を付いて来るのだと思う？　と聞いたことがある。彼は、君が、あるいは僕と君が好きだからだろう、と答えた。何故？　それは、僕たちが自然だからだよ。波や砂や暑さのように自然だからだよ。彼は、そういうものが好きさ。知っているだろう。結婚式まで生娘のふりをするバリの女より君はずっと自然に見える。そして熱帯の男たちと無理に恋に落ちようとするオーストラリア人の女たちよりも、ずっと、ね。

だったら、やはり私はトニを見詰めるだけでよいのだ。見詰め合い、満ちて来る潮のようなトニの思いを静かに受け止めていればよいのだ。彼は私を追い続けるだろう。私が彼を束縛するのではない。彼が私に束縛されるのだ。それは彼の望むこと。私の罪じゃない。

あの男からは、あれから二度電話があった。彼の声を聞くと、私は今でもせつなくなる。そして、それを彼に言う。帰っておいで、と彼は言う。けれど、私がせつなくなるのは彼のせいではなく、彼の声のせいなのだ。私があなたの声を愛するのは、受話器を耳に当てている時だけなのよ。少なくとも、この島にいる間には。受話器を置くと、私には愛すべきものが有り過ぎる。まだ、帰らない、と私は彼に言う。彼は、もどかしそうに言う。君の体を抱きたいよ。私は笑う。どうしてなの。私が側にいないのに、どうして抱きたいなんて思えるの。側にいないから君が恋しいと思えるんだ、と彼は言う。素敵だわ。私の不在に恋してるのね。だったら、私、あなたの前に姿を現わすべきじゃない。私に恋したままでいて。トニのように見詰めて、ワヤンのように抱いて。私の恋する男たちは、皆、そういうふうにするわ。恋しいな、と彼はもう一度言う。最高ね、MISSINGという言葉。恋しいと思う時、相手が自分の邪魔をしなければ、いつまでも、相手をいとおしく思えるものよ。でも、人間は必ず邪魔をする。不在と実在を混ぜて人を愛すと必ず不幸になるものよ。だから、私は実在するものしか愛さない。しかも、自分の目の前で。彼は電話の向こうで苦笑する。大人になったと言うべきかな。あら、私は昔から大人だったわ。ただ、物を知らなかっただけ。やり方というものを知らなかっただけ。あなたに会う前、私は無意識にそのやり方を実行していた。けれど、今、私はちゃんと知っていて、する。だから、大切なものを失くさずにすむ。また、電話する。いつでも、どうぞ。私はあなたの声が大好きよ。そして、私は決して強がりでなく言う。あなたは電話を切った後、次にベッドで愛し合う女だけを愛してよ。どうも、彼は言う。別な女と話しているみたいだな。別な女よ。肌は陽に灼け過ぎているし、髪は潮のせいで赤茶けて伸びっぱなし、でも、誰より愛することには貪欲よ。帰って来たら電話すると約束してくれ。約束？　そんなもの嫌い。君のやり方というのを借りればだな、僕との約束、というのを愛してくれ。帰って来たら、顔が見たいよ。私は笑う。いいわ、約束する。帰ったら、電話をするわ、あなた。

私は、その夜、酒を飲みながら、突然紙を出して、小説を書いた。その書き出しはこうである。

「熱帯で、愛は糞《ふん》をしない美しい下等動物である」

私は笑って、そして、それを丸めて捨てた。

ガルンガンの祭りの日が近づいているので、街は活気に満ちている。最高の神が他の神々や先祖の霊を連れて地上に降りて来る祭り。空に飾る竹とヤシで作った供えものが道に立てかけられる。クロボカン村の子供たちも心なしか楽しそうだ。イブは毎日、その数日のために供え物を作っているので、私も不器用な手つきでそれを手伝わせてもらう。座り込んで、枯れた椰子の葉で籠を編む私を、最初は好奇の眼差しで見守っていただけの通行人も、次第ににこやかに私に挨拶をするようになる。おかげで、私は少しばかりのインドネシア語を話すことが出来るようになった。セラマシアン・アナアナ。こんにちは、子供たち。そんな私を、やはりトニは嬉しそうに見詰めている。彼の瞳は溶け出さんばかりに幸福そうで、私もすっかり心を許して彼の肩を抱いたり、バナナの蒸しパン《スンビンン》を口に運んであげたりする。すると、それを見ていた子供たちも一斉に口を開けたりするのが可愛らしい。

ほとんど、バリニーズだね、と、私を迎えに来たワヤンは言う。けれど、私はそうなれないし、そうなろうともしないことを彼も私も知っている。私はここに同化しようとしているただの異邦人なのだ。

そんな私を快楽に導こうとして、ワヤンは私を連れ去るためにオートバイの後ろに乗せる。私はイブや子供たちに別れを告げて彼の言いなりになる。トニは慌てて自転車に飛び乗り私たちの後をついて来る準備をする。彼は、始まってもいない私たちの情事が終るのを待つために私たちを追いかける。あるいは、自分を待たせる私たちのすることに聞こえない耳を傾けるために。

トニは私を抱く夢を見ることがあるだろうか、と私は思う。私は彼の体が私たちの情事によって反応するのを知っている。それが、性愛に結びつくことを彼は知っているだろうか。自分が、ワヤンがそうするように私に対してそう出来る体であることを知っているだろうか。私には、そうは思えない。自分の脚の間に蠢く生き物が私に夕陽を見せた時のような甘美な表情を浮かべさせるに足りるものであることなど思いもよらないのではないか。私に恍惚の表情を作らせる男の体はワヤンの体だけだと思っているに違いない。

私は、あなたの体もそうなのだとトニに教えるのは容易いことだと思う。けれど、今は、そうしたくない。彼には夕陽や視線や控え目な仕草で愛を語ってもらいたい。私はトニに対して見ないようにしているものがあるのだ。それは、私に求めることを恐れさせているものだ。私としたことが。私は少しだけトニを不憫《ふびん》に思う。けれど、私はもう熱帯から何かを奪おうとすることを止めたのだ。私は自分に与えられたものだけに欲望を感じて行くことだろう。

私とワヤンが愛し合うことを終えて外に出ると、後ろ向きに座ったトニの背中が見える。私は、これを見るたびにワヤンとの情事の終ったのをことさらに意識し、澱んだ時間は区切られる。私たちの気配を感じて、トニも立ち上がり振り返る。その瞳の汚れのなさに、私は、いつもはっとさせられ髪の乱れをかき上げる。時々は、彼のショートパンツの股間の部分に染みがある。彼は少しも恥じていない様子でそれを放って置くものだから、私は目のやり場に困ったりする。本当は、私とワヤンの大胆な愛し合い方にトニの方が目のやり場に困ったりする筈なのに。彼は、私たちの愛をきちんと愛として受け止めている。

ワヤンは笑いながらロスメンの部屋に戻り、タオルを持ち出してトニに渡してやる。こいつのことも、そろそろ抱いてやらなきゃ、な。ワヤンはそう言って私を見る。私は、どぎまぎして黙ったままでいる。こいつは、君のことが好きだよ。知ってるわ、そんなこと、と私は言う。ワヤンは少しも悪気のない様子で笑いながら続ける。見詰め合うっていうのも、抱き合う以上に素敵な手だけど、ね、おなかは一杯にはならないぜ。僕の言いたいのはそれだけのことだけど、ね。

それだけのこと。そして、それ程のものだ。食べること。その日常の行為も、つきつめれば甘美な食卓を作り上げる。ただ抱き合うこと。それが美しい詩を織りなすこともある。物を見詰めることで愛を語る人間がいても決しておかしくはない。だから、ね、とワヤンは言う。彼の食欲を満たしてあげてもいいんじゃないのか。それは、ただの親切であって、君とトニの関係を乱すものではないよ。

戻りましょう、と私は言う。私はホテルの部屋に、ワヤンは家族の待つ家に、そしてトニはユージンとの静かな隠れ家に。私たちの愛はこの瞬間、岐路に立つ。明日、あるいはあさって、再び顔を合わせるまで道は別れたままである。トニは少し名残り惜しそうな顔をして自転車を引く。そして、私は幸福に疲れてオートバイの後ろでワヤンの背中にしがみつく。彼の背は、まだいくらでも愛し合えるぐらいに広くて、やさしく私を受け止める。

ガルンガンの日が来た。ホテルのお金持の滞在客たちに何の関係もない祭りのために、ワヤンは休みを取ることが出来た。彼は私を自分の家に連れて行きたいと言いだした。私、結婚させられたりしたら嫌だわ、と冗談めかして言うと、僕の家はそういう感じじゃあないからと彼は答える。彼は、今日は珍しくサルンを腰に巻いていて、私の気をそそる。すごく性的に見える、と私が彼の耳許で囁くと、苦笑したまま何も答えない。彼は、今日はとても神妙な様子をしている。

ワヤンの家に向かう道すがら、私たちは広場で聖獣バロンの踊りを見る。ドラに合わせ踊る日本の獅子舞いといった雰囲気。きらびやかな聖獣はよく見ると、どうやら豚らしい。けれど、牙がある。そして、胴体からサルンを巻いた少年の下半身がのぞいているのが可愛らしい。横では鼻の大きな男の面を付けた子供がひとりで踊り狂っている。バロンは私たちの姿を見つけると、踊りながら近寄り、私を恐がらせようと襲いかかる振りをする。私は笑いながら逃げようとするが、彼らは私をそうさせない。ワヤンは微笑したまま、私とバロンのふざけ合いを見守っている。石垣には子供たちがのぼり、私の悲鳴を聞いて喜んでいる。ワヤンに言われた通り百ルピアのおこづかいを彼らに渡すと彼らは私を自由にしてくれる。

寺院に向かう女たちは頭に何段もの果物を積み上げた籠を載せている。赤紫のブラウスに緑色の帯。極彩色に包まれた女の体は美しい。通りがかる車の中にすら供え物の米がフロントガラスの前に置かれている。

お祭りなのね、と私は言う。ワヤンは微笑みながら私を見ている。今日の彼はいかにもヒンズー教徒らしく私をどぎまぎさせる。あなたが欲しくなったわ、と私は小声で彼に言う。彼は、後ろ手でそっと私の手を握り、あとで二人だけでお祝いをしようと言う。私はサルンを盛り上げる彼の引き締まった尻をそっと撫でて心を熱くする。神々を迎えている人々の中でみだらなのは、私たちだけのように思える。

ワヤンの家では沢山の人々が話に興じていて笑い声が満ちていた。彼らは突然訪れた私を喜んで迎えてくれ、私は言葉も解らないのにそこに座り込んで彼らを見ていた。昨日、父親が解体して料理したのだという豚の丸焼きを御馳走され、私はおそるおそる口に入れた。私が、それを食べたことでワヤンの年老いた父親はひどく私を気に入ったようだ。彼はしきりに私に話しかけてくるのだが、言葉が理解出来ない私は困り果てて、ワヤンに助けを求める。

「君のこと映画から抜け出して来たような女の子だって言ってるよ」

ワヤンの言葉に私は笑う。私がかつて都会の夜に送っていた生活。絹のドレスや踵の高い靴や美しいつばの帽子。そんなものを彼らが見たら何と思うだろう。さまざまな色のカクテルから自分の好みを捜し出すこと、口紅を付けることだけでなく、男の気をひくためにその上にグロスを塗って光らせること。そういうことに心を砕く人種がいるということすら、彼らには信じられないに違いない。ここには自然の色と祭りのための色しか存在していない。そして、それらには都会の技巧がとても真似出来ない程の種類がある。それらは溢れ出て、私たちに与えられる。私たちは目を見開かなくても、それらを目の中に入れることが出来る。色、匂い、音、そして快楽。私たちは甘やかされ、そして甘やかされることは心地良い。この島は私のような他者にでさえ吝嗇ではないのだ。ガムランは私の耳をおごそかに包み、私は祭壇で男たちに愛されることが出来る。

年老いた父親は私のことを暖かく静かに見る。私の少しはしたない横座りした足を綺麗だとワヤンに言う。彼もまた私を許している。私は彼に勧められて椰子酒《アラック》を口にする。口の中は燃えて、私の言葉を熱くする。ねえ、私がこの島を愛しているのだと彼に伝えて。私はワヤンにお願いをする。そして、彼は伝えて、父親は幸福そうに頷く。犬は匂いを嗅ぎ付けて家の前をうろうろとし、女たちに追い払われる。鶏が土間を歩きまわるのを私とワヤンの父親は笑いながら見ている。

奥の方で母親と話し込んでいたワヤンが私の許に来てすまなそうに言う。

「これから、デンパサールまで妹を迎えに行かなきゃならないんだ。君、ここで待ってる？　それとも、もし、帰りたいなら送って行くよ」

私は、帰ることに決めた。彼の家族と過ごす暖かい時間はとても私の気に入ってはいたものの、ワヤンがいなくては言葉が通じない。私は、彼の父親の手を握り、片言のインドネシア語でお礼を言うと家族の皆に別れを告げてワヤンと共に外に出た。

「あなたの家族、好きよ」

私がオートバイの後ろでワヤンにそう告げると、彼は心から嬉しそうにお礼を言った。人々は道端でのどかにお喋りをしている。数日の間、学校も休みになるせいか、子供たちもいたる所ではしゃいで走り回っている。私は、ふとトニのことを思い出した。彼にも家族はある筈だ。祭りを祝って楽しい思いをしているだろうか。

「トニとユージンも家族のところに帰ったかしら」

「さあ、彼らの家はバングリの方だから……多分、あのコテージにいるんじゃないかな。ユージンはまるで祭りなんて関係ないって感じで波乗りばかりしているし。サヌールの仲間のところに行っているってことは考えられるけど」

私は、ワヤンに頼んでトニたちのコテージで降してもらうことにした。もし、彼らがいなかったとしても、まだ日は高い。散歩をしながら、ホテルまで歩けばいい。

コテージの前の橋の所でオートバイを止めて、ワヤンは私を降した。今日はありがとう、とても感謝してるわ、と彼に口づけると、彼は私の唇が彼から離れないようにしばらく私の首筋を押さえていた。やっと顔を離して見詰め合うと、彼はさも残念そうに舌打ちをした。

「今日も、愛し合えると思ってたのにな」

「神様のお祭りの時ぐらい、彼らを主役に置きましょう」
そう言って、私は笑う。ワヤンは片目をつぶりサルンの前を押さえておどける。そんな仕草はまるで外国人のように見えて、まったくこの祭りの日に相応《ふさわ》しくない。

トニ。空気は揺れて、彼に私の来たことを知らせる。いつも、私が彼の名を呼ぶと、嬉しそうに走り寄って来る彼が、今日は私の顔をちらりと見たまま膝を抱えたきりだ。彼はあきらかに怒りを顔に浮かべている。私は、どうしたのだろうと彼の座り込んでいるコテージのポーチに行く。そして、はっとして足を止める。空気が熱い。吐息が部屋から流れ出るのと、そこに脱いである大きな皮のテニスシューズに気付いたのとはほとんど同時だった。そういうことだったのか、と私は納得していつもこの時間にここにある筈のないユージンのサーフボードを見つけて頷いた。

私はトニの横に腰を降した。彼は私の顔を見ようともせずに下を向いたきりだ。私とワヤンによって、この種の空気には慣れている筈のトニが何故、こんなふうに怒りをあらわにしているのだろう。押し殺したような溜息が波の音に混じる。私は、この種の愛に少しも偏見を持たないから、顔を赤らめこそすれ何の嫌悪もなくその場にいることが出来るが、トニは、私とワヤンは認めることが出来ても、ユージンとオーストラリア人の恋人との関係を認めることが出来ないのだろうか。それとも、自分以外の誰もが体を暖め合う相手を持っていることが妬ましいのだろうか。可哀想なトニ。私は下を向いたきりの彼を抱き寄せて上を向かせる。驚いたことに彼は涙を流していたのだ。私は、今まで彼の濡れた瞳を見たことがなかったので、うろたえた。私は、咄嗟に彼の頰を自分の手で拭った。彼は私の肩に顔を埋ずめてじっとしている。私は混乱した。彼は悲しんでいる。でも、どうして。彼は快楽というものをよく理解していると思っていたのに。

私は、とにかく彼を孤独にしていた愛の巣から離れようと、彼を立たせた。そして、彼の手を引いて海岸に降りて行った。儀式を終えた人々や子供たちが海に入って遊んでいるのが見える。悪霊が棲むと言われる海も昼間は人間に親切だ。私たちは浜辺に腰を降した。

トニは、もう泣いていなかった。彼は砂を弄びながら相変わらず下を向いていた。私は、どうして良いのか解らないでじっとしたままだった。私には何が彼を泣かせたのか考えようとしても、考えられなかった。それに、訳を聞きたくても、彼には私の声が聞こえないのだ。

どうしたの？　と私は聞こえないのを承知で言ってみる。何がいったい悲しいの？　私は問いかけて見る。彼は私の目を見ようともしない。私は困りきって沈黙する。彼は自分の足の間に砂の山を造っているだけだ。お願い。いつものようにお喋りな瞳で語りかけてよ。私は彼の腕を揺さぶる。その時だった。トニの腕にかかった私の手を彼が握ったのは。彼は私の手を強く握り、そして私を見た。彼は眉をしかめ唇を嚙み締めたまま私を見詰めている。私は彼のあまりの苦しげな表情に恐怖すら感じて手を引っ込めようとした。けれど、彼は同時に私の手を自分の方に引き寄せ、その弾みで私の体は砂の上に倒れた。彼は私の手を砂の上に押し付けたまま私の体の上で私を見ていた。私は身動きすら出来なかった。あどけないあの少年にこんな力があったのを私は知らなかった。それに彼の肩が、私の体を覆う程に広いとは。

私の足の下で砂の山は崩れる。私は、このままトニに抱かれるのだろうか、とぼんやり考えていた。いいのよ、と言って私はトニを静かに見上げる。それは、確かにワヤンの言うようにそれだけのこと、なのだ。トニの手は緩み、私は自分の手をそこから逃がして彼の首に腕をまわす。彼は、私とワヤンから色々なことを学んでいる筈だ。私は目を閉じる。たぶん彼の唇は私のそこに降りて来るだろう。けれど降りて来たのは唇ではなかった。私の瞼に雨が降る。私は驚いて目を開ける。そして開いた目でトニの涙を受け止めてしまう。彼の涙は何度も私の瞳を打ち付け、私の視界はかすむ。空はこんなにも晴れているというのに。

雨は私の頰を伝い、やがて砂に吸い込まれていなくなる。私はトニの瞳の色をようやく見ることが出来る。彼は愛していると言っている。私にはそれが解る。私が歩くこと、笑うこと、男と愛し合い心地良さに目を閉じること、それらすべてを愛していると言っている。彼は今、決して私の体を抱くことをこらえているのではない。彼にはその必要がないのだ。彼は私を見たいのだ。私が幸福に薄目を開けてたたずむのを見たいのだ。自分が抱く必要はないと思っている。我を忘れて私の心地良い表情を見失うことはないと思っている。それを、私に気付いて欲しいと思っている。

どうか、お願い。僕の思いに気付いて。私には、今、彼の声が聞こえる。何故、私は彼が裏切りを知らないと思うことが出来たのだろうか。彼の唇は生まれた時から彼を裏切っているではないか。トニ、私の可愛い人魚姫。彼は私に思いを伝えようとするたびにどんなに心を痛めていただろう。あなたを抱きたいんじゃない。あなたが幸福なのを見ていたいだけなんだ。それが僕の幸福。僕を束縛して。あなたの心で僕を束縛して。

私たちはずっと砂の上にいる。風は私たちに小さな砂の粒を吹きつけ、それでも私たちは砂の上に横たわる。トニは私の頬にかかる砂を丁寧に払い私の顔を剝き出しにする。どのくらい時がたったのかも解らない。きっと私たちは見詰め合ったままで風化する。

私はトニに向かって愛していると囁き続ける。彼に聞こえないというのを承知で、あなたは私のものよと訴え続ける。波の音は私の声をかき消し、けれどトニの瞳は私を見て頷いている。もう、いいじゃない、と私は思い目を閉じる。そして、トニは私に口づける。私は目を開ける。トニは再び私に口づける。私たちは目を開けたまま、何度も砂にまみれたキスをする。それは肉体が巻き起こす快楽への序曲では決してない。私たちのキスはすぐに風に飛ばされ、だから何度でも唇を合わせ続ける。彼の瞳があんまり私に愛を感じさせるものだから、私の心は濡れて来る。トニ、私は彼の名を呼びながら、どうして良いのか解らない。私は仕方なく涙をこぼす。すると、抑えることは出来ずに私の心は泣けて来る。

彼は私の涙に口を付け、そういえば彼は私の泣くのを見たことがなかったのだと私は思い出す。彼には解るだろうか。これが不幸せのための水ではないということが。愛していると思う時、水がしたたるのは脚の間だけではないということに彼は気付いてくれるだろうか。

風に乾いた口づけがまた湿る。私は微笑む。今日は祝祭なのだ。ほうら、あそこに昨日までペンジョールを作っていた少年がいる。今日は休息し、そして波と戯れる。波の音が聞こえないのね。可哀想な私のトニ。けれど、あなたには私の心が聞こえる。私の嬉し泣きがあなたの口の中で戯れ、あなたは私があなたを束縛したいと思っているのを知る。足たちが砂に埋まる。あなたはそれを掘り起こして私の金の鎖を見つけるだろう。そして、それが、やがて現れる夕陽に輝くのを見て私の陶酔を知るだろう。あの砂の色をまた見せて。私はあの時のようにきっと心地良くなる。そして、今度は自分からあなたの手を握り返すだろう。もしも、私の指輪があなたを傷つけたなら、今度は私があなたの血を吸うだろう。そして、血は聖水のように私の口の中に広がり、私たちは祭りを終える。静かな記念すべき一日を終りにすることが出来るだろう。あの小さな大陸の男がユージンと愛し合ったように、ワヤンが雨の中で私と愛し合ったように、私たちが砂の上で愛し合った、その一日を終えることが出来るだろう。

彼の髪は潮にさらされて脱色されている。彼は波乗りの好きな耳の聞こえない少年。兄と二人でオーストラリア人の所有する豪奢な電気の通わないコテージに住んでいる。年齢は十五歳。背丈は私よりも少し高い。広い肩幅と饒舌な瞳を持っている。彼は女を知っているが女の体を知らない。呼び名はトニ。私の知っているのはそれだけだ。私の初めて束縛した男である。

飛行機の中でいつも私は白ワインを飲み過ぎる。夜のフライトは心地良く私を酔わせるのだが、それは私を泣かせ過ぎる。どうなさったのですか、とジャカルタから乗り込んで来た親切な男が私を気づかう。人が死んだのです、と私は言う。それは、お気の毒に、と彼は言葉をつなげない様子で新聞に目を落とす。そう、人が死んだのよ。私は心の中で呟く。けれど、はたして、あれは本当に人間だったのだろうか。私は心の中で、いったい何が死んだのか突然解らなくなる。

インドネシアの小さな島で、私が殺したいくつもの事柄。そして、息を吹き返したいくつもの事柄。本当は、私はただ波と戯れていただけだったかもしれない。あるいは、本当は死んだのは私自身だったかもしれない。

ガルンガンが過ぎて数日後、神々を送り返すクニンガンが来る前に、あの美しい青年ユージンが私のホテルを訪れてトニの死を告げた。死ぬことは決して悲しいことではないのですが、と彼は前置きをして、私の前で声を上げて泣いた。私は呆然として、可哀想な目の前の青年にいたわりの言葉をかけていた。いたわりの言葉⁉　私は何故、そんなものを口に出すことが出来たのだろう。だって、目の前の青年はあまりにも悲しい様子だった。

波乗りをしている最中、トニは大きな波にのまれてしまったのだと言う。彼には、その波は止《や》めろと言うユージンの声が聞こえなかった。助けようと泳ぐユージンから、徐々に遠ざかりながらトニは波の上に顔だけ出して彼を見詰めていたと言う。波の音が聞こえないから、恐ろしさを知らずにいつも無茶ばかりしていました。いつかは、と思って心配していたのですが。ユージンはそう言って褐色の体を折り曲げて泣いた。私の目の前には私の愛したトニと同じ赤茶けた髪の毛が揺れていた。

ワヤンが、私の部屋を例によってルームサービスを装い訪れた。彼は苦い表情で、何も言わずに私を抱き寄せて、私の頭を自分の肩に置いた。やっと、私は泣き始めた。けれど、自分が何故泣いているのか解らないのだった。泣くべきなのだ、こういう場合には。私はそれだけを思い付いてワヤンの胸の中で泣きじゃくった。彼は私の背中を静かに叩いていた。知っていたよ、と彼は言った。君の中で、トニもこの島を形作っていたことを。トニも!? 私は顔を上げてワヤンを見た。そう、そして、僕もだよ。砂も、波も、夕陽も。熱。欲望。快楽。そして、愛情。すべてのものが、君の中に君だけの島を作っていた。

彼は私を愛していたわ。もちろん、それも知っている。私も彼を愛したのよ。彼は私のものになったのよ。幸福だよ、あいつは。あの子、私を抱いたりしなかったわ。抱く以上のことをやってのけたじゃないか。

彼は死ぬ瞬間、死んだような気持になっただろうか。幸福なまま死体になれただろうか。ねえ、彼は海に溶けて、おいしいスープになると思う？　私はしゃくり上げながらワヤンに聞く。彼は私が錯乱しているのだと思い、何も言わないで、と抱き締める。彼の体は、いつも、とても気持良い。私は目を閉じる。目を閉じてトニのことを考える。私の目の中に海が広がる。波が作る泡が浮かぶ。そしてそれは壊れて空気になる。ねえ、ワヤン、彼は人魚だったのよ。ワヤンは何も答えずに私の背中をさすり続ける。私は泣いているのだが悲しみを感じない。トニも埋められて土にえくぼを作るのだろうかとぼんやりと考えている。

飛行機を降りた時、私は少し酔い過ぎて足をふらつかせていた。私は荷物《バゲツジ》の出て来るのを待ちながら、ある約束を突然思い出した。私はフォンブーズに行き硬貨を捜して電話をかける。受話器からは、あの懐しい声が流れて来る。

そう、今、帰ったの。ううん、あなたには会わない。きっと、会えばあなたは私を抱こうとするでしょう。でも、私には今、そう出来ない。私の体を動かしているのは私の体ではないのよ。ふふふ。酔ってなんかいない。約束を守ろうとしてるだけ。ねえ、私、守ったでしょう。ちゃんと。ただこう言いたかったのよ。ありがとう。そして、さようなら。

私は溜息をついて受話器を戻す。そして、身震いをする。やはり、この国は寒い。私は、あの島にいた時と同じように上着の袖をまくり上げたままであったことに気付く。私は、寒い、寒いと呟きながら折り返した袖を伸ばそうとする。その時、知らないうちに袖の折り目に溜まっていた砂がさらさらと足許に落ちる。私はこぼれた砂を見詰めたまま、その場に立ち尽くして動けない。砂は私の耳にいつのまにか注ぎ込まれ、もう何も聞こえなくなる。

解説

森瑤子

始まりは肉体である。（中略）そしてなりゆきは心であるなどという発想を、ふしだらだときめつける人間は、現在《いま》でもかなりの大多数なのではないかと思う。まずセックスをして、それから心がついていくかどうか自分をみつめてみる、という意味のことだから、あらまあ不純だわ、とＰＴＡのママさんたちが、真先にめくじらをたてそうだ。

そういう発想がふしだらなら、それを書いた山田詠美も当然ふしだらな作家だというレッテルが貼られる。

果してそうだろうか。彼女の発想はふしだらなのだろうか。小説に於ける作者の嘘と真実の問題はこの際別に置いておいて、山田詠美はふしだらな女なのだろうか。

多分彼女のことだから、「ふしだら？　大いに結構じゃないのさ、それって、最高に名誉な誉め言葉だよね」

と小気味よく笑い飛ばすのにきまっているが、六本木あたりで眼をギラつかせて男を漁っている若い女たちや、知性は磨かずボディばかりやたら磨きたてているボディコンのアホ大学生の方が、よっぽどふしだらだと私は思っている。

恋愛と結婚は別のもの、と言ってのけるだけでなく現実に堂々とそれを実行して遊びまくったあげく、結婚の相手は、ケイオーかトーダイ出で、身長百七十八センチ以上、親と別居のマンションつき、年収千五百万以上の男でなければだめだという。

それじゃなにかい、その条件さえ満たされれば相手がどんなに性根の卑しい品行下品でずるい男でもいいのかい、とついこっちも下品な口調で言ってやりたくなるが、世の中にはバカな男が一杯いるらしく、海千山千のお嬢サマに引っかけられて、ま、人生それで一巻の終り。

条件が整えば愛が二の次、なんていう結婚の方が、私に言わせればふしだらそのものなのに、ましてやその条件と夜毎にセックスをし、退屈だからそろそろ子供でもなどと言って、生れて来たベイビーは文字通りふしだらの申し子だ。最低の娼婦にも劣る心根だ。最低の娼婦だって今の女子大生よりよっぽどモラルがきれいだよね。肉体は売っても心は売らない。ましてや愛してもいない男の子なんて、生みはしない。

山田詠美は言う。私は誰れのものにもならない。そして、誰れのものでもあるのだ、と。彼女はそのことに強い確信を抱いている。

誰れのものでもあって、誰れのものにもならない、という言葉は、実に端的に彼女のテーマそのものである。

それはまぎれもなく、この小説のテーマではあるけど、それ以外の彼女の作品にも、色濃く浮かび上ってくる主題である。と私は思う。

始まりは肉体である。そしてなりゆきは心である、という言葉について、もう一度考えてみよう。けだし名言である。大げさでも何でもなく今世紀最高の名言だ。ふざけているわけでもない。歴史に記されるべき名言だ。私は大真面目でそう思っている。

そこであえて、名文句の解説をするという愚行に走ってしまうのだ。

まず愛があって、その自然のなりゆきで肉体の関係に移っていくのが、ごく健全なパターンのように、普遍的に考えられている。

けれどもその愛というのは一体何なのだろうか？　親子の情愛をのぞいた全ての異性愛というのは（最近は同性愛も多いから、それも含めて）、要するに、相手の匂いを嗅ぎまわるという行為なのではないかと思うのだ。動物が嗅いで相手をきめるように、人間もまた、匂いや触覚や、眼で見た感じで90％いいとなった時、それを愛と思うのではないだろうか。もっとはっきりした例が、恋に落ちるという状態である。これは完全に、発情と同義語なのだ。恋愛というのは、発情のことなのであり、恋愛関係というのは、発情している二人の状態をさしているのである。きみを愛している、なんていう言葉は、従って非常にうさんくさいことなのだと思う。いっそのこと、きみと一発やりたい、と言うほうが、よっぽどすっきりするし、後くされがない。

今どきそんな人がいるとは思えないけど、でも万が一、愛しているからこそ結婚するまできれいな躰でいたいの、なんて言って、もし結婚して肌が合わなかったら、一体どうするつもりなんだろう。匂いや感触が良くたって、テクニックがお話にならなかったり、病的な性的変質者だったりしたら、どうするのだろう。ホモの人だったら、どうするのだろう?がこれは枝葉末節、詠美ちゃんの本質やテーマとはだいぶずれただじゃれ。けれども、日本人の女で、一体何人の人が、なりゆきは心なんて、きっぱりと言い切れるだろうか？　人口の半分が女として五千五百万人のうち、何人？　ほんの数える程度しかないのではないか。

そして果して、日本人の女の作家で、なりゆきは心と、きっぱりと書いてのける作家が何人いるだろうか？　皆無。山田詠美をのぞいては皆無だ。

そのような勇気がないのではなくて、それ以前に、そのような発想にすら思い至らないのだ。正直に言えば、私ですらその表現の手前にいた。私ですらという言い方は傲慢だから、訂正しよう。私も、その発想には気づいていたが、言葉にだして明快に書ききるところまでは到達していなかった。これでもまだ少し傲慢だ。謙虚さに欠ける。ただ年上だからということで、傲慢であって良いということはない。第一、彼女は直木賞作家であって、私はそうではない。今後も直木賞を取ることは、絶対にありえないだろう。ああこれもいけない。卑屈さは傲慢の裏返えしだ。謙虚に、自然に。しかしどう言えばいいのだろう。

あれこれ文章をひねくりまわして、七転八倒したけど、結局詠美ちゃん、私が言いたいのは次のことです。
あなたは、私の知っている女の中で、一番心の純粋なひとです。誰れよりも心根のきれいな人。たくさんの地獄を見たぶんだけ美しい言葉を誰れよりも知っている人。あきらかにあなたの右手は（右ききだったわよね？）、天才の手。私はあなたと、あなたが書いたものが大好きです。（アメリカ人ならＬＯＶＥと言うでしょうけどね。でも彼らは、ハンバーグもベースボールもやっぱりＬＯＶＥだからね）
解説を書かせてくれてありがとう。とりわけ、この作品であった幸運を感謝します。その理由は――また卑屈か傲慢になるから、もう止めましょうね。

対談

十代の頃から
ずっとファンだった!

綿矢りさ × 村田沙耶香

言葉の力で腑に落ちる感覚

綿矢　『熱帯安楽椅子』で、久々に山田詠美さんの濃厚な世界を堪能しました。十代の頃からずっと好きで読んでいましたけど、今、読み返しても、あ、これは詠美さんの感覚だ！というのが鮮烈に伝わってきますね。

村田　私も懐かしく読み返しましたけど、山田詠美さんの小説って、ちっとも古くならないですね。時代を超越している気がする。私、この小説に出てくるトニっていう男の子、すごく好き。耳も聞こえなくてしゃべれないんだけど、彼の無《む》垢《く》な感じがいいんですよね。

綿矢　そうそう、トニの描写を読んでいて、あ、この少年どこかで読んだことがあると思ったの。同じような少年が出てくる山田さんの小説がありませんでした？　やっぱり南の島で出会った少年で、その子もしゃべれない。で、その少年を好きになった女の子とウニを食べさせ合う、すごくエロチックなシーンが出てくる……。

村田　あ、それは『放課後の音符《キイノート》』の「Crystal Silence」という短編に出てくる少年ですよ。私も今回久しぶりに『放課後の音符』を読み返していて、この男の子、トニだと思っていたんです。ジントニックにライムを絞って飲みながら、マリという女の子がその少年との恋の思い出を女友達に語って聞かせるんですよ。

綿矢　そうだった！　ジントニックを飲みながらね。トニはあの少年やと思って、懐かしいなあと思ったんだ。何度も出てくるのはきっと山田さんにとって大事なモチーフとなっている少年なんだろうなって思いますね。言葉が通じないけど、じっとこっちを見てくる熱帯の少年っていう、そんなような体験がご自身にもあったかもしれない。

村田　そうだったらとても素敵ですね。

綿矢　その懐かしさと同時に、改めて山田さんの小説に驚かされた部分もあって、新しい発見もありました。このバリへの旅は、愛し過ぎてしまった男を吹っ切るための旅なんですが、彼女の中には、自分が生きていくための明確な境界線がはっきりとある。南の島でこれだけたくさんの人と体を共有しても、自分の中でこれを共有しては私が私でなくなってしまうというところの、彼女なりのプライドがあるんですね。それを超えて愛し過ぎてしまったことを主人公の彼女は非常に後悔しているんです。

だから、バリでの関係はすべて動物的直感の愛情ですよね。ここまでやっちゃうと自分ではなくなってしまう、だからこういう愛し方で私は人とつながっていたいんだという彼女の意識が、すごく明確に描写されていて、その真剣さに改めて驚きを感じました。

村田　そう、自分であることを取り戻しに行く旅なんですよね。

綿矢　ええ。外側から見ると、別れた男を忘れたくて、異国でほかの男をあさっている話なんですけど、やっぱりそれだけでは許さへん真剣さがある。主人公が生きてる感じ、彼女なりの美学っていうのが読んでいて伝わってきましたね。村田さんはどうでした？

村田　この主人公が求めている恋愛の形って難しいんだけれど、これが彼女にとっての真実なんだろうなと思いました。不倫の男を愛してすがってしまったことは、きっと彼女ではなかったんですよね。全てを愛して、誰のものにもならないし、誰のものでもある体になるということが、彼女の求めているつながり方なんだろうなと。そういう自分を取り戻しに行くというのも、私には不思議で神秘的な感じがしました。この小説には、えっと思うような場面がけっこう出てきますよね。たとえば、ワヤンと愛し合っているところをトニに見せるところとか。普通に考えたら、そんなことをしたらトニがかわいそうとか惨めとか考えちゃいそうだけど、でも、そうじゃなくて、これが正しくて、美しい光景なんだなということが、すとんとわかる。そういう感覚が腑《ふ》に落ちるのは、やっぱり言葉に説得力があるからだと思うんですね。

綿矢　本当に一言一言の力ですよね。ざっと説明したら取り落とされていく一文一文に、それこそ、この中でしか表現できない言葉で、感想として言えないようなことが織り込まれている感じがしますね。男女の描写だけでなく、風景と一体となった描写から、バリの濃密な空気感が肌に伝わってきて、よりいっそう興味がそそられるんです。

村田　そう、そうなんですよ。この街そのものににおいがする。バリって行ったことないですけど、この、ザーッと雨が降ってくる感じとか、だんだん彼女が彼女自身へと研ぎ澄まされていく感覚が、すごくわかるような感じで読んでいました。

この小説は昔も読んだと思うんですけど、トニっていう男の子がすごく魅力的に描かれている。自然の一部のような彼のまなざしとか、勃起するという男の子の体の現象に対して、何が起きているのかわかっていない彼の無垢さに、すごく惹《ひ》かれました。セックスを見ているのに、のぞき見とかではなくて、すごく無垢な目でまっすぐに見ている。その存在自体が不思議だし、魅力的で。『放課後の音符』でも、南の島の男の子が出てくる話が一番好きだったんですよね。山田詠美さんの作品には、こういう人がたまに出てくるけれど、読む側の想像力をとても刺激しますよね。それも含めて山田さんの小説って改めて好きだなと思いました。

鞄の中にはいつも山田詠美本

綿矢　私が初めて山田詠美さんの小説を読んだのは、たぶん中学生の頃だったと思うんですが、一番最初は、『蝶々《ちょうちょう》の纏足《てんそく》・風葬の教室』でした。あ、この雰囲気好きだなと思って、いろいろほかの作品も読み始めたんですけど。

村田　最初の体験が『蝶々の纏足』だったんですね。鮮烈ですね。

綿矢　刺激的なんだけれど、素敵だなあと思いました。筋もおもしろいんですけど、すごい印象に残っているのが、山田さん独特の表現。生理的な嫌悪感のようなものを官能に変えていくところとか、はっとさせられる表現がたくさん出てくる。村田さんも十代の頃からたくさん読んでいたんですよね。

村田　私は物凄く偏執的に好きで、常に三、四冊を鞄《かばん》の中に入れて持ち歩いていたんです。

綿矢　えーっ、すごい。

村田　綿矢さんが今言った『蝶々の纏足』と、『風葬の教室』が別々の、河出書房新社の古いバージョンの方と、『フリーク・ショウ』と『ベッドタイムアイズ』。それに加えて他の山田詠美さんの本をその日の気分でもう一冊とか。私、読書量は少ないいんですけど、そのかわり同じ本を常に持ち歩いて毎日毎日読んでいたんです。授業中とかに（笑）。

綿矢　へえー、すごいな、すごいな（笑）。一番最初の読書体験は何ですか？

村田　『風葬の教室』ですね。私はそれまで少女小説しか読んでいなかったので、こんなにやわらかくてにおい立つような言葉に初めて触れた気がしたんです。一言一言、句読点の一個にもにおいがあるというか、そういう文章に初めて触れたのがこの『風葬の教室』だったので、すごく強烈に覚えてます。それでずっと持ち歩くようになったと思うんですけど。

綿矢　句読点にもにおいがあるって、すごくわかります。

村田　びっくりしました、言葉の美しさに。多分、山田さんの文章がよっぽど好きだったんでしょうね。何度読んでも「こんな表現あったっけ」っていう、何か新しい表現の発見があるんです。

綿矢　そう、一文一文がすごく洗練されているんですね。ただの説明じゃなくて、その表現にワールドが詰まっている感じがあるから、読み飛ばせない。

村田　それと、主人公に、みんな美学がある。それが物語をずっと貫いていて、それにひたっていると、自分というものを取り戻せる気がしたんですね。いろんなことで小さいころからずっと見失っていたもの、いつの間にか見失っていたものを、山田詠美さんの言葉が体に残っている間は自分の肉体に取り戻せているっていう気がして、それで手放せずに読んでいたんだと思います。

綿矢　じゃあ、村田さんにとって、山田詠美さんの世界はすでに知ってる世界、という感じだったんですか？　自分を取り戻すっていうことは。

村田　うーん、何だろう。山田詠美さんに教わった世界だけれど、小さいころからきっと体にはあった世界を初めて言葉で教えてもらって取り戻すという感じがしました。

綿矢　小さい頃から体にはあった世界。

村田　そう、中高生くらいになると、性的なことに関しては、理屈はいっぱい情報として入ってきていますよね。でも、それとは別に、例えば山田作品の『学問』の主人公の女の子が覚えていったように、体でずっと学んできたことが自分の中にはあると思うんです。でもそれは言葉にはなったことがまだなかった。その感覚が、すごく美しい言葉になって再び自分の中に入ってくるという感じかもしれない。

綿矢さんは、さきほど生理的な嫌悪を官能に変えるっておっしゃったけど、中学生の時点でその感覚つかんでました？

綿矢　結構わかっていたと思います。『ジェシーの背骨』や『ひざまずいて足をお舐《な》め』は、中学生には少しきつかったんですけど、やっぱり学生が主人公のものは、何かわかるような感じはありましたね。においのきつい香水みたいな、ちょっと「うっ」てくるにおいが、逆に官能的なにおいになるといった表現は、結構わかりやすかったかな。

えっとね、山田さんの小説に女の子がアイスクリームにつばを入れてかき混ぜたのを無理やり友達の女の子に食べさせるシーンがあったでしょう？　あれ何だっけ？

村田　あれは『蝶々の纏足』ですね。あの場面はすごくエロチックなんですよね。食べさせられる方も、嫌なんだけれど一方で陶酔感のようなものも感じてしまうという。

綿矢　あ、そう、そう、思い出した！　あの女の子が感じているのって、まさに生理的な嫌悪が官能的なものに置き換えられていく瞬間の描写だったと思う。

村田　普通だったら、「わっ」って思うようなことでも、詠美さんの手にかかると、すごいエロチックで、体の感覚として腑に落ちる感じがするのは不思議だったですね。

女の子を一発で変えちゃう影響力

綿矢　山田詠美さんの小説って、ああ、こんな世界があるんかって思いつつも、潜在的にそんなに日常と離れてない感じがするので、ぶっ飛んだことを書いてても、わかる気がするんですね。変に煽情的《せんじようてき》じゃないっていうか、もっと魔術っぽいっていうか、それが、すごいことになってるなと思うんです。そのすごいことになってる内側の世界を読者は外側から覗《のぞ》いているんだけど、途中から外側の人はこう見てるやろっていう作者の視点も入ってくるので、それが読む側をすごく複雑な気持ちにさせるんですね。

小説の中で自由奔放な女の人が黒人の人と愛しあったりとか、好き勝手なことをしている。私はその主人公の内側に興味があって、共感とは違う形で小説に関わっていくんだけど、そのこと自体も小説の中に入れ子で組み込まれている感じがする。山田さんの小説って、外で見ているはずの自分がいつの間にか参加しているような複雑な気分になるんですよね。

村田 なるほど、綿矢さんの小説の読み方は山田さんの小説の外側にいて中を見ているって感じなんですね。でも、外側にいるつもりが知らず参加させられている。

綿矢 そう、私自身はなりきって読むことはできひんし、性愛の表現も、こういうのは知らないなと思うんだけど、いつのまにか引き込まれている。小説の構造が、そうなっているんですよね。今回山田作品を読み返して、久々にその感じを味わいました。

村田 私は、没頭しちゃう読み方ですね。とくに高校時代は山田さんの作品に浸りきって、言葉で先に覚えたことを、大人になってから体の感覚で追体験するっていうことがけっこうありましたね。「そういうことがほんとうに起きるんだな、体に」という体験をして、また熱心に再読したりとか（笑）。

綿矢 へえっ、言葉の後に体の体験がついてくる。「あ、これだったのか」と（笑）。私は、身体感覚ではわかる部分もあるけど、根がおたくなので、小説の読み手としては、ふちのほうにいた気がしますね。ただ、読み終わった後、全然違うタイプのくせに、なりきって世界が違って見えて喜ぶみたいな感じになりましたよ。ふりだけ、妙に、けだるくなって（笑）。
村田　その感じ、わかるわかる（笑）。
綿矢　ジントニックを指先でかき混ぜてみたり、金色のきゃしゃなアンクレットを買い込んでつけてみたり（笑）。
村田　うんうん、肌に溶け込む感じのやつ。
綿矢　それがサイズを間違えて、脚に食い込んでたりして、全然、シーツの上でしわをつくってくれないみたいな（笑）。
村田　女の子ってそういう影響の受け方しちゃうのかもしれないですね。詠美さんの小説の、仕種や小物の一つ一つが魅力的で。
綿矢　そうなんですよ。すごいなと思ったのは、高校生のときに『放課後の音符』を読んだ二人のヤンキー系の女子もそうなった。二人とも読んだ後に、音楽の授業に遅れてきて叱られたとき、今までちゃきちゃきの反抗の仕方だったのに、山田詠美的な反抗になっていた。
村田　アンニュイな感じの？
綿矢　そう。ちょっと難しい本を読みつつ、それを隠しながら赤いマニキュアを塗るみたいな（笑）。

村田　あー、わかります。それって『放課後の音符』にも出てくる「無垢な赤」なんですよね。でも本人はなりきっているのに、ちゃんと自分のものにはできていなくて、ちっとも似合っていない（笑）。

綿矢　そうそう、どれが無垢なんだっていう感じで。でも、山田詠美作品の、その影響力たるやすごい。一発で女の子を変えちゃう。

村田　私もね、読んだあとは、私にもこういうことできるんじゃないかって、よく想像してました。夜の街へ出かけていって、目で男の人を誘って、トイレの中で片足を上げてセックスするようなことができるんじゃないかなって。

綿矢　できひんって（笑）。

村田　でも読み終わって、一時間ぐらいはできる気がしている。けど、だんだん、できないよね、できないやって。人見知りだからだめかもって自分に戻る（笑）。

綿矢　でも、その直後にできひんかっても、それを読んだずっと後に、それを忘れて経験したことが実は作品に載っていて、こんなにすてきなことが表現されてたんだって改めてわかったという経験、それは感動ですよね。

村田　うん。すごい感動します。心の中には、言葉にできない無意識の部分があるでしょう。ほんとうに男の人を好きになったとき、その無意識の部分の痛みのようなものが詠美さんの小説の中で言葉になっていたのを見たなと思い出す。それがあるから、大人になっても何度でも読み返したくなるんですね。

作家になって影響を受けたこと

村田　綿矢さんは、自分の小説を書くときに、山田さんの影響を受けているということってありますか？

綿矢　ああ、それはやっぱり表現ですね。恋愛も含めて叙情をどう表現するか。本を書く上でそれが非常に私は大事だと思っていて、本とはそういうものだという感覚があるんですが。こういうふうに世界を見ていくことによって、一つの自分なりの表現の世界を構築するというようなことは、やっぱり山田さんの本で学んだなと思います。

具体的に言えば、『学問』にも『風葬の教室』にも、主題の中に田舎の風景が出てくる。雑木林とか、レンゲ畑とか。そうした木々や花の描写だけだったら、ただきれいなだけかもしれないけど、生きる密度が濃い人たちの心の揺れがある中でそういう描写があると、景色自体が胸に痛いような感じで刺さってくる。

村田　『熱帯安楽椅子』の風景描写も、かなり心象風景に近いですよね。

綿矢　そう。雨が降ってきたとき、ただの風景じゃなくなるんです。そういうところはすごく影響されたし、そういう小説を書きたいなっていつも憧れていますね。

村田　ほんとにどのフレーズも、手を抜いている言葉が絶対にない。言葉の隅々まで美学が行き渡っている。作家としての覚悟を感じますよね。自分がこうして作家になってみて、ずっと自分に問いただしています。本当におまえはそれができてるのかって。文章、句読点ひとつにしても、ちゃんと自分の美学で文章の隅々まで言葉を選んでいるのかっていうことを自分に問いただしている。その意味では憧れと同時に、自分を戒める時に頭に浮かぶ存在でもありますね。自分が恥ずかしい文章を書いたりしないように、最大限努力していきたいって思う。そういう存在として影響を受けている気がします。

綿矢　私たち二人とも一〇代の頃から、詠美さんの作品の空気を目いっぱい吸ってきちゃったし、たぶんいろんなところで影響受けているんだと思う。

村田　うん。それとね、私は山田詠美さんを読んで、すごく楽になったたっていう面があるんです。性愛においても、人生で起こる全てのことにおいて、自分の価値観を手に入れて、それで生きていっていいんだっていうことを教わったんですね。私の書く主人公はそれを見失っている人が多い。でも結局、自分の価値観でいいんだっていう結論を彼女たちが見つけることができるのは、私が高校生のときに山田詠美さんに教わったその強烈な体験があるからだと思います。

とくに性に関しては、理屈や情報が体より先にあって、私たちはそれに振り回されることが多いけど、でも、山田詠美さんの主人公って、ずっと体の声に正直に耳を傾けている。体の声に耳を傾けることは、全然嫌らしいことではなくて、すごく誠実なことのような気がして、自分の主人公にもそうあってほしいし、そういう肉体を持っていてほしい。理論先行じゃなくて、ちゃんと体がある主人公にしたいとか、そういうふうに思うのはやっぱり山田詠美さんの影響だとは思います。

綿矢　体の声に正直であるべきだっていう、それは本当に村田さんらしいし、すごい素敵な考えやなと思います。思考が体に裏切られる、体と体がぶつかり合うような表現って、私も好きですよ。ただ私自身が書くものとはちょっと違うかもしれない。私は、体の声っていうよりは……衝動のような、心の声です。頭でっかちになってて、体に裏切られるっていう感じというよりは、私の場合は、こういうのがやりたいとか、好きとかいう気持ちが突き破って出てくる感じ、かな。

村田　同じ時期に読んでいても、自分の作品における影響の受け方が明確に違いますね。多分、一人一人にとってそれだけ特別な存在だということなのかも。

綿矢　でも、やっぱり私たちは山田詠美ワールドの空気を強烈に吸ってしまってから、書き始めたんです。今日村田さんと話して改めて感じたけど、山田詠美を読んだから書いている。それはどうしようもなくそうなんです。読んでいなかったら、きっと違うもの書いていたような気がします。

村田　うんうん、同感。やっぱり詠美さんの女の子への影響力は絶大です（笑）。

（二〇一四年五月）

この作品は一九八七年六月、集英社より単行本として、
九〇年六月、集英社文庫として刊行されました。
本文庫は九〇年版を再編集し、森瑤子氏の解説は当時の
ものを再録いたしました。

対談構成　宮内千和子
対談撮影　藤沢由加

集英社文庫

熱帯安楽椅子《ねったいあんらくいす》

2014年6月30日　第1刷　　定価はカバーに表示してあります。

著　者　山田詠美《やまだえいみ》

発行者　加藤　潤

発行所　株式会社　集英社
東京都千代田区一ツ橋2-5-10　〒101-8050
電話　03-3230-6095（編集部）
03-3230-6393（販売部）
03-3230-6080（読者係）

印　刷　大日本印刷株式会社

製　本　大日本印刷株式会社

フォーマットデザイン　アリヤマデザインストア　　マークデザイン　居山浩二

ISBN978-4-08-745199-3 C0193